機械人形

泉

之

死

DEAD GAME
0000002

泉野隆一_

白修宇的摯友，是白修宇非常信任的人，
但白修宇後來卻發現泉野竟是另一名機械人形的主人。

_阿波羅

泉野隆一的機械人形，雖然面容美麗，
但實際上為男性設定，性格非常戀主。

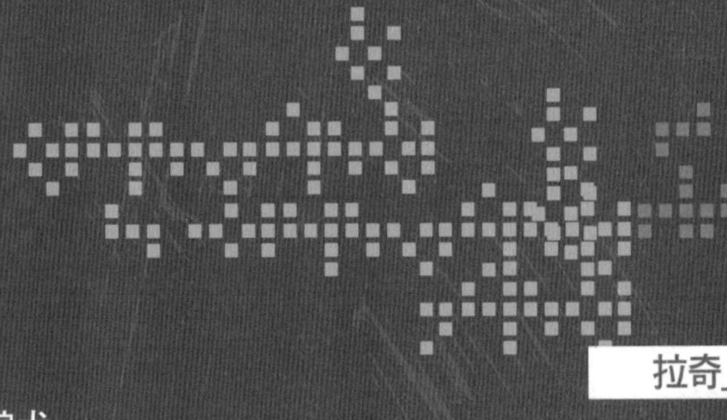

拉奇_

狼犬，
因為希望保護康則的強烈意志使得光選擇牠為主人。

_光

機械人形，技能為輔助系「心靈感應」，
可與任何有智慧生物心靈交流，
在獲知拉奇那份強烈的希望後，認拉奇為主。

目錄

DEAD GAME 0200

法　　修

天空中，一具有著優雅線條的銀黑色機甲遊刃有餘地在五具藍色機甲之間移動。五具機甲的砲火從未停止，但就像變魔術似的，它們的每次攻擊都以落空收場。

銀黑色機甲的行進方式宛如幽靈般地飄忽而詭異，一而再再而三地使出令人匪夷所思的迴避動作，明明上一秒近在眼前，但下一秒卻已經不見了蹤影。

儘管五具機甲間配合得天衣無縫，可是卻完全無法對銀黑色機甲起到一絲作用。

在歷經五分鐘之久的時間後，銀黑色機甲的身影突然消失，當它再度出現，已經是在其中一具藍色機甲的後方，毫不猶豫地開槍。

這是銀黑色機甲第一次主動攻擊，那具遭受槍擊的藍色機甲身形重重一頓，緊接著它背上的光翼粒子消失，快速地往地面掉了下去。

隨著第一具機甲被擊毀，剩下的四具機甲也彷彿是被推倒的骨牌似的，一具又一具地被銀黑色機甲破壞。

得到毫無置疑的完全勝利時，銀黑色機甲仍是那麼地完美，沒有任何一點傷痕。

銀黑色機甲緩緩降落到地面，艙門打開，出現的是一身近衛軍制服的亞克歷斯。

「謝謝長官的指導！」

五名穿著藍色防護衣的軍人筆直站立著，整齊一致地向亞克歷斯行禮，但引人側目的，是那五名軍人臉上雖有汗水，但表情平板，眼神也沒有任何一點波動。

「不會。你們繼續練習吧。」

五名軍人再次行了一禮，同時轉身，步伐整齊地往自己的機甲方向走了回去。

「呵呵，亞克歷斯，你還真是喜歡這些人偶呢。」

亞克歷斯偏過頭，清清淡淡的眼神望著那明明只是隨意站著，卻讓人無法忽視的男子。

銳利的雙眼以及邪肆上揚的嘴角，這個人，是同為近衛軍的法修。

「只是使用粒子炮就完全沒有給對手接近機體的機會。亞克歷斯，你操控機甲的技術還是那麼令人神魂顛倒。」

亞克歷斯微微瞇起眼，他發現在法修的上衣肩頭有一處長不到一公分的破損，似乎是被什麼利器劃過。

「你去了哪裡？」亞克歷斯冷凝了聲。

「叛軍的金色神風，我仰慕了那麼久，去看個一眼不為過吧？」法修輕輕一笑道：「雖然早就想到不能那麼容易見到他，可是我沒想到會有那麼多的陷阱……還是我該說，我沒想到會有那麼多『保護』金色神風的陷阱呢？」

亞克歷斯的臉色一變也不變，「我只是擔心會有叛軍混進來救走他而已。」

「哦，原來是這樣啊。」法修理解般地點了點頭。

「難得看到你來練習場。」

「因為聽說你駕駛修羅和那群人偶玩玩，覺得有趣就過來了。」

「不過是連技能都沒有使用的基礎訓練而已。」亞克歷斯淡淡地說著。

「和那些人偶也只能玩這種一點也不刺激的東西而已，呵呵，因為他們沒有技能啊，就算機甲再好也沒有用。」

「技能的啟動來源是情感。只要他們能夠恢復情感，自然也就能夠啟動技能，這是我王一直在努力的事情。」

法修笑得很燦爛，「是嗎？既想要這群人偶恢復情感，又想要他們繼續保持永恆不變的忠誠，那個人的胃口還真是大啊。」

「只要是我王的願望，身為騎士的我們就算粉身碎骨，也必須完成。」

「哦，是嗎？真是好貼心的騎士呢。」

法修猛地靠近亞克歷斯，臉上笑著，但眼神卻透露出冰冷的殺意，「你想保護你的父親，那就儘管保護吧，只要在沒有觸及那個人的容忍界線之前……不然你將會明白什麼叫做生不如死，知道嗎？從未真正對我王獻上忠誠的虛偽騎士……」

亞克歷斯依舊面無表情地說道：「在授與我騎士之稱的那一天，我記得你也有到場觀禮，親眼看著我王將近衛軍的徽章別到我的胸口。我王會為我別上徽章，賜予我成為騎士的榮耀，便是認可了我對他的忠誠。」

聞言，法修眼中的冰冷褪去，再度掛上一副不羈的笑容，拍了拍亞克歷斯的肩膀，「呵，對啊，我在說什麼呢？亞克歷斯，我剛才說的話你聽一聽就算了，不必放在心上。」

「那是當然。」亞克歷斯想也不想地回答。

「好了，我也要走了。亞克歷斯，下次有時間的話，我們兩個人也來切磋切磋機甲吧，這麼長一段時間沒有使用機甲，還真有點懷念光束刀呢。」

亞克歷斯點了點頭，算是答應了法修的邀約。

目送著法修緩緩離去的背影，亞克歷斯的雙手握緊成拳，指甲深深地陷進肉中。

——法修，近衛軍中看似最不在意君權，實際上卻是比誰都還要來得忠心於君王的強者……

DEAD GAME 0201
沉　默　的　溫　柔

為了某個人而死，這是一件多麼自私而卑劣的事情？

可是即使明知自己的死去，會讓活下來的那個人一生背負沉痛的傷痕，卻也仍是希望那個人能夠活下來……

就算自己無法將全世界的花都送給那個人，也希望那個人能擁有全世界的幸福。

想讓那個人體會到陽光的溫暖，想讓那個人體會到徐風的吹拂，想讓那個人體會到細雨的溫柔，想讓那個人體會到更多、更多美好的事物。

活下來，就算必須傾盡所有，也只希望那個人能活下來，這樣或許總有一天，那個人終究會明白這個世界的美好。

只要能夠，活下來……

泉野隆一看著白修宇，不再開口，只是慢慢的閉上了雙眼。

蒼白的指尖緊緊扣住冰冷的扳機，白修宇眼裡滿是可怖的血絲──因為信任，所以被背叛，因為期待，所以遭受到傷害……這令他感到痛苦的一切，只要扣下扳機就會結束了！

可是，白修宇的手指卻無法動彈，只是顫抖著，不停的顫抖著……

「主人，不要再猶豫了，殺了他吧。」

黑帝斯低沉的聲音忽然傳來。白修宇訝異地轉眼一看，一具機械骷髏單手拖曳著另一具已無任何行動能力的機械骷髏緩緩向他們走來。

眼見白修宇等人面露驚愕，機械骷髏扯動嘴角，隱隱流露出一種輕蔑不羈的氣息。由此，白修宇肯定了這具取得勝利的機械人形確實是黑帝斯沒錯。

「對不起，我忘記先修復我自己之後再過來了。」

說了這一句，只聽喫嘶嘶的聲音響起，黑帝斯的脖子處蔓延出無數條富有生命似的膚色絲線。那些膚色絲線將黑帝斯的頭顱團團包裹住，緊接著開始扭曲變形，沒有多久，黑帝斯那張堪稱罪惡的俊臉便出現在眾人的眼前。

「主人，開槍吧，只要您殺死他，這場鬧劇便可以劃下休止符，您也取得了第二場勝利。」

在非同步狀態下，機械人形殺死另一名主人屬於違反規則的行為，即使勝利也沒有任何意義，但只要是主人殺了主人，「勝利」便能成立。

這時卻聽阿波羅笑了一聲，有氣無力地說道：「呵……黑帝斯，你很強，可是對於人心的認知……你比我還不如……我的主人和你的主人是朋友，人類很看重朋友……你的主人不會殺死我的主人的……」

黑帝斯一個用力，猛地收緊了抓住阿波羅頭顱的手掌，阿波羅的機械頭顱頓時發出一陣令人牙酸的喀哩聲響。

「失敗者也只能耍嘴皮子了，阿波羅，現在的你真是可悲又可笑啊。」黑帝斯冷冷一笑，看向白修宇，「主人，不要再猶豫了，請開槍吧。您將他當成了朋友，可是您看，他是怎麼回應您的友情？就算您現在放過他，他以後也不會放過您。主人，對於背叛者，您不需要有任何一絲的憐憫。」

黑帝斯說的沒錯，白修宇自己也很清楚，有了一次的背叛，就會有第二次、第三次的背叛……更何況為了生存下來，少一名敵人便是給自己多一分的活命機會……

白修宇清晰地聽見了自己的心跳聲，他看著始終沒有睜開眼睛，始終不發一語的泉野隆一，慢慢扣下了扳機。

一聲震耳的槍響，那顆子彈竟是險而又險地擦過了泉野隆一的臉頰，在那張冷峻的面容上劃出一道鮮明的血痕。

白修宇驚訝地望向不知何時來到他身旁的楊雪臻。在最後的緊要關頭，楊雪臻居然推開了白修宇的手臂，讓原本瞄準泉野隆一的子彈偏離了既定的軌道。

「雪臻，妳——」

「不要做會讓你痛苦一輩子的事情。」

楊雪臻緊緊握著白修宇的手臂，觸及她的眼光時，白修宇重重一頓——倒映在楊雪臻眼眸中的他，表情居然是如此的悲哀。

那個人是他嗎?白修宇不敢置信地想著，那個表情脆弱到彷彿輕輕一碰，就會碎裂般的人是他嗎?

楊雪臻輕輕張動嘴唇，吐出她埋在心中已久的想法：「修宇，你不喜歡我，你看我的每個眼神，都讓我深深體會到這個事實……但是我都會告訴自己，沒有關係，就算你不喜歡我，只要我喜歡你，一直喜歡著你，也許總有一天你也會喜歡上我……」

「雖然我才認識泉野隆一不久，可是每一次當我看到你和李政瑜，或是和泉野隆一在一起的時候，我都很不甘心……我沒有辦法進入你們的世界，我總是被遠遠的阻隔在外，雖然這是我自己選擇的。」

她的臉上緩緩浮現一抹黯然，苦笑道：「我很嫉妒，也很羡慕，只有和他們在一起的時候，你才會真正開心的笑，真正的發怒、真正的放鬆，不會再讓自己去配合周遭人的需要，選擇什麼時候要戴上哪種情緒的面具……」

「對你來說，李政瑜和泉野隆一是非常特別的存在，不管是誰，只要看到你們相處時的情形，一定都能感覺到他們對你有多麼重要。」

「助手小姐，請不要再說這種無聊的事了。放開妳的手，不要打擾主人做他該做的事情。」黑帝斯笑著說，一雙漆黑的眼眸卻忠實的表達出他的不悅。楊雪臻霎時只覺一股沉重的壓力層層將她籠罩，不留一絲喘息的空隙。

汗濕衣襟的壓迫感讓楊雪臻光是維持站立就非常困難，她明明還有話想說，微啟的嘴唇卻發不出任何聲音——

「這才不是什麼無聊的事！」李政瑜大吼出聲，視線一瞬也不移地注視白修宇的雙眼，「修宇，你不能殺隆一，如果你真的殺了他，受到最大傷害的人其實是你！」

李政瑜說著，低垂下了頭顱，緊緊按住白修宇雙肩的兩手用力到彷彿要嵌進他的肩膀。

「雖然我不想承認，但是楊雪臻說得沒錯，對你來說隆一的確非常重要……」頓了頓，李政瑜抬起頭，用就連白修宇都很少見過的沉重神情直視著他，緩緩道：「修宇，你捫心自問，你承受得了你親手殺死隆一的這件事嗎？你承受得了你的雙手，染滿隆一的鮮血嗎！？」

白修宇全身一震，他愣愣地注視雙手，恍惚之間，一片血色瀰漫了他的視線——短短的瞬間，埋藏在身體裡的恐懼，清清楚楚地浮現在白修宇的眼前。

因為被背叛了，所以他以為只要殺了泉野隆一，就可以擺脫這種痛徹心扉的痛苦。可是泉野隆一死了之後呢？他能夠背負著他殺了泉野隆一的這件事，若無其事的繼續活下去嗎？

如果殺死的是其他人，白修宇可以很肯定的說，他能夠繼續活下去，畢竟他就是被這樣教導長大的……但，泉野隆一卻不是其他人。儘管泉野隆一背叛了他，卻仍改變不了泉野隆一曾是他摯友的事實。

深深地吸了口氣，白修宇放下槍，顫動著嘴唇發出嘶啞的嗓音。

「我不會殺你。」

泉野隆一詫異地看向白修宇，白修宇卻是撇過頭，握緊了拳頭吼道：「對，我不會殺你，可是只有這一次！下次再看見你的時候……我不會對你出手，可是如果你想殺我，我絕對不會再對你手下留情了！」

「主人，您不應該——」

黑帝斯明顯不悅地眉一皺，話還沒說完，卻聽見白修宇冷冷地打斷道：「黑帝斯，這是我的決定！要是你不贊成，你現在就可以殺了我，去找下一個你中意的主人！」

聞言，黑帝斯冷笑了起來，「主人，這是您的威脅？」

「不，是命令！」

白修宇毫不退卻地瞪視著黑帝斯。感覺到他們之間隱隱流動的危險氣息，李政瑜和楊雪臻身形一動，極有默契地一左一右護衛在白修宇的身旁。

「如果我真的想殺了主人，請相信我，你們絕對阻擋不了我。」黑帝斯帶著輕蔑的笑望向他們三人，就在李政瑜以為黑帝斯要動手之際，他竟是右手放到左胸上，說道：「不過既然這是主人的命令，那麼我也只能遵從了。」

說到這裡，黑帝斯的話語乍停，眼中急速地閃過一絲寒光，「可是主人，我妥協了這一次，並不代表我會妥協下一次，請您不要試圖探知我的底線。否則我很擔心萬一哪天我忍不住了，也許就會發生讓您我都非常遺憾的事情。」

「這是威脅？」白修宇眼底閃爍著絲絲冷光，問出和先前黑帝斯相差無幾的話。

「不，是我給您的忠告。」黑帝斯笑了笑，隨手一甩，將阿波羅丟到泉野隆一的面前，「主人，希望您不會後悔今天所做的這個決定。」

白修宇不含情緒地瞥了黑帝斯一眼，轉身淡淡地道：「政瑜、雪臻，我們走。」

像是不想再和黑帝斯多談，白修宇提步便走。李、楊兩人見狀，連忙跟上了白修宇的腳步。

「我這個主人最愛做的事情，似乎就是丟下我，然後自顧自的走掉。」黑帝斯說著，話鋒一轉，向泉野隆一問道：「主人『曾經』的朋友，我很好奇我的主人是不是也這樣對待過你？」嘴角高高揚起，黑帝斯特意加重了「曾經」這兩個字的發音。

「阿波羅，你還好嗎？」對於黑帝斯的存在，泉野隆一完全視若無睹。

只見阿波羅裸露出機械骨骼的部位也如黑帝斯一樣，生出無數條膚色絲線，轉眼間那張亦男亦女的容貌再度出現。

在泉野隆一的面前，原本不可一世的阿波羅變得猶如一隻溫馴的家貓，他歉疚地低下頭，「主人，對不起……讓您失望了。」

泉野隆一揉了揉阿波羅的頭髮，冷峻的面容輕輕揚起笑容，猶如長輩安慰失意的晚輩，「我知道你已經很努力了。」

「主人……」泉野隆一的溫柔讓阿波羅既是感動，又是內疚。

「笑話看夠了嗎？還不追上你的主人？」泉野隆一視線一轉，清冽的氣息陡然更加冷冽。

黑帝斯似是毫無所覺泉野隆一的敵意，嘴角含笑地說道：「你為什麼……故意要讓我的主人以為你背叛他？」

泉野隆一的眼角肌肉猛地收緊，卻沒有說話。

黑帝斯說道：「泉野隆一，如果你『真的』想殺我的主人，就不會讓阿波羅採取那麼笨的方式，畢竟我的主人對你非常信任，你想殺他，有更好的方法。」

「黑帝斯，你想說什麼，直接說出來吧。」泉野隆一冷聲道。

黑帝斯倒也不扭捏，單刀直入，「機械人形的聽覺很好，雖然有一段距離，不過我那時候還是清楚的聽到你對我的主人說當你看到我解除同步時，你忘記裝出訝異的表情……我的主人很聰明，但顯然你也不笨，至少你不是會出這麼大紕漏的人。」

「所以，你不是『忘記』，而是故意那樣說的，對吧？」

「……不要告訴修宇。」

沉吟良久，泉野隆一凝視著黑帝斯，緩緩吐出了這一句話。

黑帝斯眉尾輕挑，一副饒有興味地說道：「呵，你這是在求我嗎？」

阿波羅一雙漂亮的眼眸惡狠狠地瞪著黑帝斯，威脅道：「黑帝斯，不要太過分了！我的主人要你不要說，你就不准說！」

「這麼強橫的語氣。」黑帝斯嘖嘖感慨著：「阿波羅，聽說剛剛敗在我手上的人是你吧？」

「你——」阿波羅氣得全身發抖，發怒的樣子猶如被踩到尾巴的貓。

話鋒一轉，黑帝斯笑道：「兩位請放心吧，我不會說的，畢竟讓我的主人知道你所設計的兩條路，對我有害無益。我的主人不需要知道阿波羅真正想殺……不，想毀壞的——是我。」

他忽然低低笑出了聲，「只要將我毀壞，別的主人從此無法藉由我得知他的行蹤，這樣就可以讓他成功從這場爭鬥中脫身而出，而阿波羅之所以會攻擊他，除了想引出我之外，最重要的就是要讓我的主人以為你背叛他，如此一來，就算阿波羅沒有成功將我毀壞，他也能狠下心殺了你吧。」

話語一停，黑帝斯眼中滿是戲謔，說道：「泉野隆一，你不僅不笨，反而非常聰明……不過我更訝異的是，你的機械人形居然同意你這麼做。」

阿波羅撇了撇嘴，冷哼道：「機械人形就是為了聽從人類的差遣而誕生的，我才訝異居然會有你這麼一個不把主人放在眼裡的機械人形。」

「因為你和我的性格程式不同，我的性格程式決定了我必須成為強者，哪怕是主人也無法抹滅我的驕傲。」黑帝斯神情漠然，但語氣卻是只要有耳朵的人都聽得出來的高傲。

而黑帝斯會留下來和泉野隆一談這些話的原因，除了好奇以外，主要還是為了滿足他的優越感——

人類，自以為自己是高智慧的種族，但他們不過是愚蠢而可悲的生物，往往會因為虛無飄渺的感情做出錯誤的判斷。

好比現在，白修宇等人都因憤怒、悲傷之類的情緒而被一時的假象所欺騙，只有他成功拆穿了泉野隆一的謊言……黑帝斯認為這個結果顯示出不管在哪一方面，他果然都比人類優秀多了。

脖頸輕輕一斜，黑帝斯看向泉野隆一，眼神晦暗不明，「我都說了那麼多……你能滿足我的好奇心了嗎？為什麼你要設下這兩條路？明明都對你沒有一點好處。」

泉野隆一緩緩說道：「這個問題的答案，阿波羅剛才已經告訴你了……因為是朋友，所以修宇不殺我；但也因為是朋友，如果沒有辦法成功破壞你，那麼我寧可讓修宇以為我背叛他，這樣即使修宇殺了我，也不會難過太久。」

黑帝斯的眉尾輕輕一挑，戲謔地笑道：「呵呵，你們人類真是無聊。為了朋友而犧牲，聽起來似乎很偉大，其實也不過是你們人類虛偽的英雄主義在作祟而已。」

「你不會明白的。」泉野隆一神色淡漠地說。

——冰冷的，沉重的，這就是白修宇的「活著」。

可是儘管「活著」對白修宇來說是那麼痛苦的事情，泉野隆一還是自私地希望白修宇能夠活下去。

就算受了再重的傷，就算被憎恨蒙蔽了心靈，但只要白修宇活下去，總有一天也可以像其他人一樣開開心心地笑著，讓他的生命不再只有黑暗……

早在那一年，在櫻花樹下看到一身是傷，卻依舊昂然而立的那道冷漠身影時，泉野隆一便決定了自己想走的路，一條即使沒有任何回報，也想要守護某個人的道路。

黑帝斯的雙眼不快地微微瞇起——那個女人的機械人，也曾對他說過類似的話。

黑帝斯覺得自己深深地被瞧不起了，由於性格程式的灌輸，黑帝斯對於自己總是有著無比的自信心，他的力量強大、身法快速、機智聰穎，就連被製造出來的外觀也遠比其他的機械人形來得出色。

為什麼？為什麼他們總是說他不會明白？他究竟無法明白什麼？

黑帝斯感到非常疑惑，但高傲的自尊心讓他無法將他的疑問坦率地問出口，最後只聽他冷冷笑了一聲，轉身離開。

DEAD GAME 0202

白　氏　一　族

既然和泉野隆一撕破了臉，儘管白修宇什麼也沒有表示，但李政瑜也清楚他們是不能再回去泉野隆一所準備的臨時住所了，只好先隨便找間三星級飯店住下，再來思考後續的問題。

在到飯店的一路上，白修宇面無表情，一句話也沒有說。抵達飯店後，他也是沉默地接過李政瑜遞來的鑰匙，便進去自己的房間。

李政瑜注視著緊緊鎖上的房門，緊了緊拳。他想進去和白修宇說些話，可是他又不知道該說什麼才好。

最終，他無可奈何地選擇了和白修宇同樣的沉默。

「今天……很謝謝妳。」李政瑜扯動嘴角，浮現一抹疲憊的笑容。

楊雪臻故作驚訝地說道：「李同學，我有沒有聽錯？你現在是在跟我道謝嗎？」

「沒錯，不要懷疑，我的確是在跟妳道謝。」

沒想到李政瑜會如此直截了當的承認，楊雪臻這下子是打從心底真正感到驚訝。

楊雪臻錯愕的表情讓李政瑜忍不住笑了一聲，「要不是妳，我可能會眼睜睜的看著他殺了隆一……真的要殺隆一，也只能由我動手，不然受傷最重的還是修宇。」

楊雪臻看著李政瑜好一會，問道：「如果由你動手，你就不會受到傷害嗎？」

李政瑜怔了一怔，這才反應過來楊雪臻是在關心他，不由得暗暗苦笑。今天真的是個亂七八糟的日子，先是泉野隆一背叛了他們，接著是向來和他水火不容的楊雪臻居然關心起他了……照這種情況看來，哪怕是一個小時之後突然世界末日降臨，李政瑜也不會覺得訝異了。

「楊同學，我能請妳喝杯咖啡嗎？」

對於李政瑜突如其來的邀請，楊雪臻看了看手錶，說道：「已經凌晨五點了……一整晚沒睡，的確是需要喝杯咖啡提提神了。」

「那走吧，希望這間飯店的餐廳不是用廉價的即溶咖啡。」李政瑜笑著說。

二十四小時營業的飯店餐廳這時只有寥寥幾個客人，李政瑜與楊雪臻坐在隱蔽的角落，兩人的桌前各放著一杯熱騰騰的咖啡。

拿起匙勺，李政瑜心不在焉地攪動幾下黑色液體，「楊雪臻，妳是個很有勇氣的人。我之所以會說妳有勇氣，不是指妳阻止修宇殺隆一……而是指妳在對修宇幾乎什麼也不瞭解的情況下，就有勇氣這麼喜歡修宇的這件事。」

楊雪臻一副滿不在乎的口氣說道：「既然世界上都有一見鍾情了，那麼我的情況也沒有什麼好訝異的了吧。」

李政瑜失笑一聲，微揚的嘴角帶上些許的嘲弄，「楊同學，妳可以成為修宇的朋友，也只可能成為修宇的朋友。」

「我不明白你的意思。」楊雪臻輕輕蹙起眉頭。

「我的意思就是妳和修宇不可能成為戀人，問題不在於妳，而是在於修宇……修宇絕對不容許自己愛上任何人。」李政瑜眼神一黯，微微偏過頭，遙望的視線注視窗外的黑夜。

楊雪臻望著李政瑜的側臉，彷彿聽到他發出極低極低的嘆息聲，但楊雪臻知道那只是她的錯覺，因為李政瑜難得露出如此憂鬱沉重的表情。

猶如一世紀之長般的沉默過後，李政瑜主動打破沉默。他喝了一口有些冷卻的苦澀咖啡，開口道：「楊雪臻，我很羨慕妳，妳什麼都不知道，所以可以懷抱著『或許有一天』這樣虛幻的美夢。可是同樣的我也很恨妳，正因為妳什麼都不知道，所以妳不會明白，妳每一次理直氣壯對修宇說妳喜歡他時，都給他帶來多大的痛苦。」

「為什麼？」楊雪臻感覺胸口有些窒悶，她只是喜歡白修宇而已，有什麼不對？為什麼會讓白修宇感到痛苦？

李政瑜笑了一笑，「這個問題的答案我不會告訴妳，因為妳沒有必要知道，更重要的是我不想讓妳知道。」

楊雪臻的眼角不由自主地抽搐了一下。

李政瑜渾然無視她猙獰到似乎可以殺人的目光，慢悠悠地將見底的咖啡杯放回桌上，「不過我能告訴妳，修宇只能有朋友，這是他唯一可以讓自己感情放縱的最大限度，對修宇來說朋友就是最珍貴的一切……因此隆一的背叛，對他造成的打擊，是妳我都沒辦法想像的沉重……但是我就不一樣了。」

「你哪裡不一樣？」楊雪臻輕輕一個擊掌，笑得既燦爛又迷人，說出的話卻是極盡挖苦與諷刺：「哦，我知道了，對你來說珍貴的不只朋友，還有你那群從一號排到一百號以上的女朋友吧？」

李政瑜沒有如往常般和楊雪臻吵嘴起來，只是搖了搖頭，雲淡風輕地一笑，「因為對我來說珍貴的只有修宇。」

楊雪臻整個人明顯一怔，愣愣地看著李政瑜，嘴唇動了幾動：「李同學，原來你是同性戀？」

李政瑜淡淡地瞥了楊雪臻一眼，那眼神像是在說「妳是笨蛋嗎？」。

「為什麼妳會得出這種莫名其妙的結論……我是修宇的『護衛』，就如同我爸是白先生的『護衛』一樣。」

楊雪臻滿頭霧水，連忙揉揉太陽穴投降道：「『護衛』？你父親？等等，李政瑜，你越說我越混亂了，麻煩你一個一個解釋，不要直接亂跳好嗎？」

「唉啊，我還以為我們的楊大才女——」

「李、政、瑜！」想也知道李政瑜又要調侃一些有的沒的，楊雪臻當機立斷地打斷他的話。

李政瑜開心地笑了幾聲，說道：「不開玩笑了，我就發自丹田稍微善心大發的告訴妳一下好了。」

要說就說，還發自丹田的稍微呢……不過算了，她和李政瑜本來就不和，現在李政瑜肯主動讓步，哪怕只是讓步那麼一點，也都是算她賺到了。

李政瑜低下頭，像在思考該怎麼開頭才好，沒多久便聽他緩緩說道：「白家非常的有勢力，無論黑道還是白道。我所謂的非常，就是指如果硬要將勢力也弄個世界排名，白家肯定是名列前茅。」

「無論是各國的商界、醫界、傳媒界或是政治界，白家都有跨足，勢力之大到現任家主的白先生哪天要是突發奇想，也想要試試當總統是什麼滋味，沒幾天妳打開電視，一定就能看到新聞快報說我們要換總統了。」

楊雪臻難以置信地眨了眨眼，「如果修宇的家族真的像你說的那麼厲害，為什麼我從來沒有聽說過？那些八卦雜誌不可能會放過像修宇他們家族這樣一個好題材吧？」之前她還以為白修宇的家族只是普通的富貴人家而已，照李政瑜的說法，那麼白家可不是普通的有錢有勢！

「很簡單，白家不想將勢力暴露在世人的面前，就絕對不會有人知道白家有多麼可怕。要是有人想宣揚白家的存在，那麼那個人最後不是為了錢、權、名而折腰，就是永遠從這個世界消失。一手遮天這句成語用在白家，絕對不是誇飾法。」

「怎麼可能……」

李政瑜的每一字一句，都清楚地迴盪在她因過度驚愕而支離破碎的腦海中。

楊雪臻用她顫抖的手指握住了咖啡杯，她雖然不想相信李政瑜說的這一番話，可是她之所以會不想相信，正是因為她早就已經相信了，李政瑜沒有必要杜撰出這麼誇張的故事。

楊雪臻的情緒動搖了，並不是因為白家顯赫的勢力，而是白修宇距離她竟是如此遙遠。

楊雪臻非常清楚自己是個什麼樣的人，她美麗而聰明，勇敢而不莽撞，對於自己她抱持著理所當然的自信與驕傲。

但白修宇比起她更是不遑多讓，出色的長相與氣質，過人的智慧與冷靜自持，以及眼角眉稍偶爾一閃而過，讓人心生寒凜的氣勢……白修宇就像一把藏在質樸劍鞘中的寶劍，一旦拔出，便能夠輕而易舉的掠奪所有人的視線。

楊雪臻早就清楚能夠教養出這樣如同一把絕世寶劍的白修宇，絕對不會是什麼普通家庭，卻沒想到兩人間的差距會是如此之大。

「很難相信嗎？修宇的背景。」李政瑜說，嘴邊卻無奈的一笑，流洩出難以形容的苦澀，「可是啊，白家只能生存在社會的陰影裡，在黑暗中鬥爭，在黑暗中失敗，在黑暗中死去……白家帶給修宇的，從來只有沉重的壓力和數不盡的痛苦，尤其是白先生……白先生就是白家現任家主，我想妳也猜到了，修宇就是下一任的家主。」

白這個姓氏，對生活在黑暗中的家族而言，是如此地諷刺可笑，白家從未有過光明，有的，只是汙黑不見底的泥沼。

收拾了一下紊亂的心緒，楊雪臻問道：「白先生是修宇的父親嗎？他對修宇……似乎不是很好。」想起前幾天白修宇臉頰上的鮮明紅印，還有李政瑜提起白先生時的厭惡和敵視，她用「似乎不是很好」來表達，已經是相當客氣的了。

李政瑜否認了楊雪臻的猜測，搖頭道：「白先生和修宇不是父子關係。」

「那他們到底是什麼關係？」

「不管是什麼關係，反正不是妳可以知道的關係。」

李政瑜無視楊雪臻橫眉豎目，簡單一句話便如此帶過去。

「由於白家勢力廣大，家主自然重要無比，因此每一任家主都會有一名『護衛』來保護，我爸是白先生的『護衛』，我則是修宇的『護衛』。從小，我就沒有見過我爸幾次面，可以說是我母親和大姊把我帶大的。不過就算是這樣，一個小孩子嘛，多少也曾經對『父親』有過憧憬……只是我的憧憬在我七歲那年破滅了而已。」

李政瑜語氣輕輕淡淡的，就像在說一件沒有什麼大不了的芝麻小事。

「我還記得很清楚，在我七歲那年，因為看到白先生鞭打修宇，把修宇整個人抽得鮮血淋漓，我氣不過就拿起刀子衝向白先生……然後我爸突然出現奪下我的刀，單手掐緊我高高舉起，他看著我的眼神很冷，就像在看一個死人一樣，要不是白先生讓他放開我，我早就死了……」

「但也是在那個時候，我終於明白為什麼每次提起我爸時，我老媽都會那麼難過了，因為對我爸而言，只有白先生才是一切，至於我老媽不過是生孩子的機器，我和我大姊也不過是對白家有用的『東西』。」

「我爸知道第一胎是女的時，非常不滿意，他認為由於先天條件所限，女人再怎麼訓練終究還是不如男人，本來我大姊要被打掉的，是白先生說要留下，我大姊才能被生下來……我出生以後，我老媽就沒再見過我爸幾次面了，因為有我可以擔任下一任家主，也就是修宇的『護衛』。」

李政瑜的漠然讓楊雪臻心中一窒——雖然楊文彬對她總是進行嚴格的訓練，可是她知道那是楊文彬希望她不需要依賴別人，有足夠的能力保護好自己。在一次又一次嚴苛的訓練後，楊文彬都會很自傲的對她大笑著說「做得好！不愧是我的女兒」……

楊雪臻的表情讓李政瑜忍不住地笑了出聲，「妳覺得我很可憐嗎？並不是每個父母都會疼愛孩子的，這個世界上對孩子做更過分事情的父母都有……我也曾經恨過我爸，不過過了這幾年，我漸漸也能夠明白我爸的心情了。」

「你爸的心情？」楊雪臻疑惑。

李政瑜毫不猶豫地點頭，臉上的笑容隱隱浮現出殘酷的味道，看得楊雪臻心悸。

「我剛才也說了，修宇表面雖然冷漠，其實內心比誰都重感情，當他的朋友是世界上最幸運的事情……而我，重視的只有修宇，我接受的教育、我被灌輸的理念就是如此，我不後悔步上了我爸的道路，成為修宇的『護衛』。現在如果讓我看到有人想傷害修宇，不管那個人是誰，哪怕是我老媽或是大姊，我一定會殺了那個人。」

殘酷的笑容，無情的話語。現在的李政瑜和她之前所認識的李政瑜截然不同，更或許該說，現在的李政瑜才是真正的李政瑜，就跟白修宇一樣，他們兩個人都各自戴著屬於自己的面具過他們的生活。

「為什麼……」楊雪臻艱難地張動嘴唇，說道：「為什麼你要對我說這些事？」

李政瑜苦笑道：「因為我希望妳不要變。」

楊雪臻更是不明白了。

李政瑜用她必須相當專注才能聽見的音量說著：「楊雪臻，不管將來妳經歷了什麼事，我都希望妳不要變……在修宇會做下可能令他一生後悔的事情，而我也出於某些理由沒有阻止他時，我希望妳能阻止他。」

楊雪臻愣了愣，這才反應過來，「昨天阻止修宇的人，我沒記錯的話應該是你吧。」她是有想要阻止白修宇沒錯，卻很沒有用的敗於黑帝斯的壓力。

儘管早就知道黑帝斯擁有超越人類的力量，楊雪臻卻怎麼也沒想到明明只是一具沒有生命的機械，黑帝斯居然也能擁有那麼可怕的殺意。

「我一開始其實是打算冷眼旁觀，看著修宇殺了隆一。只要修宇他心裡能好過一點，不管他要殺誰我都不會反對，甚至成為他手中的那把利刃也無所謂。」

「我以為你和泉野隆一是朋友。」楊雪臻眼光複雜地盯著李政瑜。

李政瑜扯動嘴角，臉上的笑容諷刺中又帶了點淡淡的哀傷，卻什麼話也沒有說。

DEAD GAME 0203
泉 野 之 死

沒有開燈，在一片黑暗中，白修宇靜靜地坐在床邊。

不知過了多久，白修宇的肩膀驀地一動，他緩緩地抬起了頭。

「黑帝斯？」

隨著語落，白修宇的身前無聲無息地出現一道頎長的身影。

「主人。」黑帝斯微微一禮。

「你回來晚了，為什麼？」白修宇不帶一點情感地說著，叫人聽不出他這是單純的詢問，或者是語帶責備。

沒有絲毫猶豫，黑帝斯笑道：「因為我和您的朋友談了一下，我覺得他是個很有趣的人。」

白修宇冷冷地瞪著黑帝斯，說道：「你和他有什麼好談的？」

黑帝斯贊同似地一個頷首，「是啊，所以我才會這麼快回來見您，果然我能夠談得來的就只有主人您呢。」

凝視著黑帝斯，白修宇問道：「黑帝斯……你和他談了什麼？」

黑帝斯眼中寒光一閃，嘴角勾起的笑意加深，竟是不答反問：「主人，您希望他和我談什麼？您又認為他可能會和我談什麼？」

白修宇全身一顫，隨即自嘲地笑了起來。

是啊，他在希望什麼？他還在希望什麼？如果隆一的背叛是有什麼不得已的理由，也該是對他解釋，而不是對黑帝斯解釋。

原來他還在希望泉野隆一能為自己的背叛解釋……他真是天真，真是可笑！

黑帝斯笑道：「主人，您想知道我和您的那位朋友談了些什麼嗎？」

當聽見黑帝斯如此說時，白修宇當下的第一個反應就是懷疑，懷疑黑帝斯會這樣問是不是有什麼陷阱。他說道：「真難得，你居然會主動提起。我還記得之前好幾次你該說的重要事情都沒說，似乎是以害死我為樂的樣子。」

黑帝斯笑得既迷人而無辜，「主人，我之前沒有主動告訴您，是因為我覺得即使您不知道那些事情，您也一定能夠獲得勝利，我對您抱持著非常大的信心，畢竟您可是我所選擇的主人。」

聽似誇讚白修宇，但實際上黑帝斯是拐了個小彎誇讚自己，依舊不改自以為是的自信本色。

到底這種莫名其妙的自信是從哪裡來的？白修宇淡淡地瞥了黑帝斯一眼，「黑帝斯，你和隆一的談話，是我必須知道，否則有可能危及我生命的事情嗎？」

黑帝斯笑著回答：「主人，您不知道，不會危及您的生命。」

「是嗎？既然這樣……那就算了，你不用告訴我了。」白修宇眼光低垂，望著地下淡淡說道：「你可以出去一下嗎？我需要一個人靜一靜。」

「是的，主人。」

黑帝斯倒退三步後，轉身開門離開。

當門合上的剎那，黑帝斯的臉上露出了一絲詭異的笑意。

翌日，早上七點整。

徹夜未眠的白修宇一走出房門，便看見背靠在走廊牆邊的李政瑜。

「政瑜，我沒事了，你不需要擔心。」

李政瑜扯動嘴角，頗是瀟灑地一笑，「你沒事是這一句，有事也是這一句，所以我學會了不管什麼事，都先替你擔心一下，有備無患。」他上下打量著白修宇，問道：「黑帝斯那傢伙貼在你身上了？」

白修宇表情平靜，就好像昨天什麼事情也沒發生過地回答：「嗯，同步的完全融合必須盡快，經過了這幾天的事情……從今天開始直到完全融合為止，黑帝斯和我都會保持在同步狀態。」

李政瑜也同樣臉色不變地調笑道：「雖然很不爽黑帝斯那傢伙這樣吃我心肝寶貝的豆腐，不過為了你的安全起見，同步的完全融合確實有必要加快。黑帝斯有說距離完全融合還需要多久的時間嗎？」

「大概還需要一、兩個禮拜左右。」

李政瑜想了想，一連問了數個問題：「黑帝斯昨天展示出來的能力很驚人，機械人形好像都有這種能力。修宇，主人有沒有辦法使用機械人形的這種能力？還是只有你先前說的那樣，提升身體各項機能，和那把劍而已？」

白修宇眼睛一瞇，「黑帝斯沒說。」

李政瑜的眼角抽搐了一下，無奈道：「很好，那傢伙沒說的事情不代表沒有，我想你該問問，不然可能又是一件他認為你並不需要在意的小小對戰知識。」

白修宇蠕動嘴唇輕聲說了「黑帝斯，你聽到了吧？」這一句話後，過了不到半分鐘的時間，他將視線重新移回李政瑜身上。

「黑帝斯說不是他不說，是現在他說了也沒用，只有在同步完全融合，進行劍的進化以後，他才會告訴我進一步的訊息。」

李政瑜的眼角抽搐得更厲害了，「那是那個變態君王規定的，還是黑帝斯他自己決定的？」

白修宇苦笑道：「他自己決定的，因為他覺得那個『進一步的訊息』對還沒完全融合的我來說沒有任何一點用處。」

李政瑜丟出一記「果然」的眼神，搖頭嘆氣道：「莫名其妙被捲進這場爭鬥也就算了，為什麼你的機械人形比你這個主人還大牌？感覺上他才是主子，我們都是奴才。」

「所以說倒楣，除了倒楣還是倒楣，除此之外我也沒別的好說了。」白修宇也跟著無奈嘆息了一聲。

兩人唏噓感慨了好一會，李政瑜驀地沉默下來，再開口時，已是話鋒一轉，問道：「修宇，接下來你打算怎麼做？」

在旁人聽來毫無頭緒的問題，白修宇卻是一聽就明。

「白先生的貨雖然在泉野隆一的手上，不過泉野家族在日本的勢力不小，而且和白先生也有一些商業上的合作，所以要怎麼做，還是得先問白先生的意思。」

不再是隆一，而是泉野隆一了嗎？李政瑜眼中瞬間閃過一絲光芒，很快就恢復正常，笑道：「你說得沒錯，要頭痛的事情讓白先生去煩惱，我們就乖乖的等著命令下來就好。」

「對了，雪臻她人呢？」

走進電梯，白修宇略感疑惑地問，這個時間一般楊雪臻早已經起來了。

「還在睡。」李政瑜俏皮地眨了眨眼睛，「我請她喝咖啡，順便在她的咖啡裡下了點安眠藥，然後非常紳士的請女服務生幫忙將她送回她的房間。」

白修宇搖頭。「你越來越像什麼某某之狼了。」

李政瑜抬頭挺胸，頗是自滿地說道：「哼哼，我不必當什麼狼，以我的長相我的身材我的技術再加上我那個地方的強大尺寸，只要勾勾手指，多得是自動送上門的人。」

白修宇莞爾失笑，一臉「敗給你」的樣子。

叮一聲，電梯門打開，白修宇立即跨步而出，李政瑜隨即跟上，走出飯店大門。

初春的早晨還是有些涼意，但溫和的陽光多少帶來了溫暖，白修宇和李政瑜走在人行道上，一路上，李政瑜沒有問白修宇要去哪裡，只是默默跟隨著，大概走了十幾二十分鐘，他們來到了一座公園。

李政瑜嘖嘖稱奇道：「昨天都那麼晚了，沒想到你眼睛那麼利，還能看到這裡有公園。」

「只是偶然罷了。」

走進公園，映入白修宇兩人眼中的，是盛開的櫻花。

「這裡的櫻花還開著……」白修宇喃喃說著，一步步走向栽種整齊的櫻花樹群。

「政瑜，你想這裡的櫻花是什麼品種？」

假裝沒有發現白修宇泛紅的雙眼，李政瑜伸手摘下櫻花，說道：「都四月還開著，應該是吉野櫻吧，這種代表性的櫻花日本各地都有栽種。」

「隆一……泉野隆一他那裡的櫻花，是早春的寒櫻吧？」

「嗯。」李政瑜的眼光低垂。

「早春的寒櫻，所以謝了……櫻吹雪很美，卻是代表分離。」白修宇扯動了嘴角，神色哀淒地一笑，「政瑜，像我這樣的假貨，果然什麼人也沒辦法留。」

「你不是什麼假貨，而且我還在，我會一直都在，就算你嫌我煩、嫌我多餘，我都不會離開。」李政瑜的語氣淡漠，卻是無比堅定。

微風輕送，幾片淡紅色的花瓣隨風吹落，在半空中飛舞。

白修宇攤開手掌，接住了一片花瓣，他凝視著手中的顏色，緊緊閉起雙眼，一滴眼淚無聲滑落。

只有現在，請允許他脆弱。

楊雪臻不知道發生了什麼事，她只知道在她被李政瑜那個該死的傢伙下藥昏睡到隔天下午起來後，一切已經回歸平常。

是的，「平常」。

白修宇和李政瑜提到泉野隆一時，都是用著冷淡而漠不關心的語氣，就好像泉野隆一只是個路人一樣。

在她昏睡的時候肯定是發生了一些事，但李政瑜既然連下藥這種卑劣的手段都使得出來，那麼那些發生過的事，絕對是李政瑜認為她不應該干涉的事。

雖然很氣憤李政瑜的作法，但看著白修宇走出陰霾的平靜臉龐，楊雪臻心裡再不滿，也只好按捺住想狠揍李政瑜一頓的拳頭。

在飯店的附設餐廳中，楊雪臻一邊吃著遲來的早午餐，一邊看向李政瑜問：「所以說你大姊要過來？」

李政瑜瞄了正在專心看報紙的白修宇一眼，「既然泉野隆一搶了那批貨，我猜那批貨他早就已經銷毀，大姊估計也猜到了，所以才會過來，打算和泉野家族追討我們該有的『賠償』。」

「泉野隆一搶那批貨，九成九是他自己的個人行為，既然他是泉野家的少主，泉野家理所當然得替他收拾這個爛攤子。」

楊雪臻皺起了眉頭，不解地問著：「銷毀？為什麼？那批貨他既然不要，又幹嘛要指使阿波羅去搶？難不成他那麼神，遠在日本也知道有個猖狂機械人選了修宇當主人，特地搶那批貨引誘修宇過來？」

「楊同學，妳知道我們這次來日本的原因——那批貨，究竟是指什麼貨嗎？」李政瑜一臉神祕兮兮地問。

對於李政瑜的故作神祕，楊雪臻倒是直截了當地淡淡說道：「是會讓警察高興他們升遷渴望的東西吧。」

「真是不好玩。」李政瑜埋怨了這麼一句，接著說道：「是海洛英，純度最高的四號海洛英。」

「純度四十四以上的那種？」

李政瑜嘖嘖兩聲，左右搖搖食指，「才不是那種小兒科的四號，是真正的四號，白色無味的透明粉末，甚至細膩到擦在皮膚上會消失，純度高達百分之九十九。」

楊雪臻沉吟道：「純度確實很高……不過為什麼要從古澤那邊拿貨？以白家……白先生想的話，也不可能提煉不出來吧？」

「白家的毒品一向都是委外購買的。」白修宇放下報紙，忽然插入話題，「這是從以前就傳下來的規矩。這種委外購買的交易危險性高、運送麻煩，也增加無謂的成本支出，可是因為是規矩，所以在還沒出什麼大狀況前，這種規矩都會延續。」

0100010111001

既然白修宇只以規矩帶過，楊雪臻自然知道他沒有進一步說明的打算，因此拉回話題，「泉野隆一搶了那批貨，卻又銷毀，是因為他厭惡毒品，把自己當成正義使者了？」

李政瑜點了點頭，「差不多，泉野隆一他非常非常討厭毒品。泉野家族在日本的黑白兩道都吃得很開，事業也做得很大，不過他們家族不碰毒品生意。聽說是因為泉野家在戰後（註）有人染上毒癮，成為對手的棋子背叛了泉野家，差點讓整個泉野家族因此從日本上消失。」

他聳肩說道：「殺人不過頭點地，毒品可就要不得了，它可以讓一個好人變成壞人，孝子變成逆子，讓人為了它，什麼事情都做得出來。」

楊雪臻眉一挑，很是驚訝地說道：「唉啊，沒想到我們的李同學也有這麼感性的一面啊？」

李政瑜動作瀟灑地將前額的落髮往後一撥，帥氣十足地笑道：「呵呵，這就是我和猩猩女決定性的不同啊。」

「李政瑜！」

「好了，你們兩個，連這種小事都吵得起來，感情也太好了。」

聞言，看門犬齜牙咧嘴，戰鬥貓毛髮倒豎，同時怒氣沖沖地指著對方說道：「誰和他（她）感情好了！?」

眼前默契十足的這一幕，直讓白修宇無奈地一個搖頭，不再發言。他不說話了，可不代表那一貓一狗會到此為止。

「花痴男，不要學我說話！你看修宇都受不了你了！」

「喂喂喂！猩猩女，不要惡人先告狀！學我說話的人是妳才對吧？」

「花痴男，不要給我亂取綽號！」

「妳又好到哪裡去了？猩猩女！」

身旁的兩人完全無視餐廳內的目光，以中文熱熱鬧鬧地吵了起來。白修宇嘆了口氣，有一口沒一口喝著冰涼的柳橙汁。

沒有變的日常，就好像泉野隆一從來不存在……白修宇微微垂下眼簾，這樣的日子繼續下去，總有一天他一定能夠完全忘懷泉野隆一對他曾經是多麼的重要吧？

因為在他的身邊，還有著陪伴他的人，不會離開的人。

在白修宇半恍惚半出神之際，牛仔褲的口袋傳來了一陣震動，是有人來電了。拿出手機，來電顯示是陌生的當地區域號碼，白修宇微微蹙眉，還是按下接聽鍵，用日文問好。

「你好……是的，我是白修宇沒有錯。」

李政瑜和楊雪臻同時休兵，兩人好奇地望著白修宇，卻見白修宇的表情驀然一變，臉色蒼白得嚇人。

白修宇張動嘴唇，吐出乾澀嘶啞的字句，「不要開玩笑了，他昨晚還好好的……他明明昨晚還好好的！」

最後一句白修宇幾乎是用聲嘶力竭的嗓音大吼，原本吵雜的餐廳瞬間安靜了下來，而白修宇絲毫沒有察覺到現在的他有多麼引人注目，只是專注地聽著話筒另一端的聲音，臉色越來越白。

「我知道了……我會過去，馬上……馬上就過去。」

結束通話，白修宇看向面帶關心的李政瑜和楊雪臻，他僵硬地扯動嘴角，似乎是想對他們兩人露出笑容……然而，失了血色的臉，竟讓人覺得他的笑容是在哭泣。

「隆一……隆一他死了……」

註：此指第二次世界大戰。

01101011110001
10011000

DEAD GAME 0204

血　　　泣

陰森而冰冷的停屍間。

白修宇沉默地跟隨穿著黑西裝的男子，直到停屍櫃前停下。

這一定是個騙局。白修宇死死瞪著那緊閉的櫃子，不斷地告訴自己，泉野隆一的死是另一場欺騙他的謊言。

泉野隆一怎麼可能會死？即使他真的死，他的屍體會跟阿波羅一起消失，絕不可能阿波羅消失了，而他的屍體卻還存在……

喀啦一聲，停屍間的值班人員沉重地拉出其中一個櫃子，將櫃子中屍體袋的拉鍊拉開。

——白修宇的腦中一片空白，身體不受控制地顫抖了起來。

「白少爺，您請看……確實是我們少爺沒有錯。」黑服男子紅著眼眶，語帶哽咽。

線條剛毅的臉龐，青澀中帶著成熟的五官，雖然臉上有許多慘不忍睹的傷口，但這個人，確實是泉野隆一沒有錯。

「……可以麻煩請你們出去一下嗎？」望著屍袋裡的泉野隆一，白修宇緩緩道。

深知白修宇和泉野隆一的交情，黑服男子點點頭；而李政瑜瞥了楊雪臻一眼，兩人也隨之離開。

一片的寂靜，只有孤獨的呼吸聲，迴盪在白修宇的耳間。

白修宇緩緩伸出手，顫抖的指尖輕輕撫上泉野隆一閉起的雙眼，然後是移動手指，一一滑過泉野臉上血肉綻開的醜陋傷口。

似乎要凍傷手指般的冰冷溫度，不是活著的人該有的溫度。

白修宇一臉木然地開口，「隆一，你知道嗎？我昨天晚上……不對，應該說是今天凌晨，決定以後都要叫你泉野隆一，把你當成一個熟悉的陌生人……今天早上，看著那片櫻花樹林，我掉了眼淚……那時候我想著，這是我最後一次為你脆弱……」

游移的手指停在那道被子彈劃過的血痕，和其他的傷口比起來，這道血痕顯得微不足道。

「你是在氣我自作主張決定了這些事，所以和我開這種玩笑嗎？」

白修宇露出一抹微笑，語氣就像在哄著鬧彆扭的孩子。

「隆一，不要生氣，我不再想那些了……就算你以後要再背叛我幾次，我都不會再想那些了……所以你張開眼睛吧？隆一，不要氣我了……」

說完了這些話，白修宇癡癡地凝視著泉野隆一，期待那雙閉起的眼睛再次睜開。

白修宇一直等待著，等待著泉野隆一睜開眼睛告訴他，這只是另一場騙局……但泉野隆一的雙眼，始終沒有睜開。

纏綿的雨絲，不斷地從天際飄落。

一身黑色西裝的白修宇站在那棵櫻花幾乎快要落光的寒櫻樹下，前院傳來一陣陣不絕於耳的法音——那是對往生者的祝福，也是在祈禱能夠藉此撫慰生者的悲傷。

時間分分秒秒的流逝而去，白修宇依舊維持著相同的站立姿勢，一動也不動。

「您果然在這裡，難怪政瑜和雪臻都躲在這附近的走廊。」

白修宇緩緩往聲音傳來的方向望去……沿著髮梢滑落的雨滴，彷彿淚水。

「大姊……」

李靖芸撐開雨傘為他遮擋雨水，「少爺，現在天氣雖然沒有冬天那麼冷，可是您這樣淋雨，也是很容易感冒的。」

「我不會有事的。」白修宇勉強笑了笑。

看著白修宇蒼白的臉色，李靖芸感到心痛，原本她是來和泉野家追究泉野隆一搶走白先生貨物一事，卻沒想到變成出席泉野隆一的葬禮。

拿出手巾輕輕擦拭白修宇髮上的雨水，李靖芸嘆道：「隆一非常穩重，不過扯到少爺您的事情時，他就會變得很孩子氣……」

「我聽隆一的母親說了，這次隆一會搶白先生的貨，事先就有跟她報備過了，因為您很久沒有來日本找他，所以他才會這樣做……雖然他把那些貨給銷毀了，不過早也已經準備好相應的賠償金。」說到這裡，她無奈一笑，「為了讓您來日本一趟，隆一可是花了不少錢呢。」

白修宇聞言全身一震，驀地瞪大了雙眼。他顫顫巍巍地問道：「大姊……妳剛才說什麼？」

李靖芸眼神迷惑，「什麼？」

「妳剛才說，隆一搶白先生的貨？他早就知道那是白先生的貨……」白修宇說到一半，聲音哽在喉中發不出來。

「是這樣沒錯，隆一原本似乎是打算帶您去見古澤時，就告訴您是他搶了貨……只是不知道怎麼搞的，隆一居然沒有告訴您這只是他的惡作劇。」

瞬間，白修宇整個人像是喪失了力氣般，踉踉蹌蹌地倒退了幾步，才勉強穩住腳步。

白修宇乍變的臉色讓李靖芸嚇了一跳，她連忙上前扶住白修宇，一臉慌亂地問道：「少爺，您怎麼了？是身體不舒服嗎？我馬上請醫生——」

「我沒有事……」白修宇打斷了李靖芸的話：「大姊，我需要想點事情，讓我一個人靜一靜。」

雖是覺得白修宇的神色不對，但李靖芸也不願違逆他的意思，只好說道：「少爺有事的話，就叫我一聲，我和政瑜他們在一起。」

沒錯，我無法否認……是我當初思慮不周，是我沒有想到阿波羅竟然會找上白先生的貨……

不對，既然隆一早在不知道我也是主人的情況下，將我騙來了日本，那他大可以利用這個理由安排更好的方式殺我，可是為什麼他反而說了一個讓我覺得他只是在知道我是主人後，臨時起意想殺我，事跡敗露了才找了個藉口想要脫身的理由？

思考著這些疑問，白修宇隱約浮現一個想法，他微微顫慄，全身發抖不止。

白修宇慘白著臉，艱難地張動嘴唇，「黑帝斯，告訴我……那一天你和隆一……究竟談了些什麼？」

黑帝斯帶著笑的聲音在他的耳邊響起，「主人，您確定您想要知道嗎？現實這種東西，總是非常殘忍呢。」

白修宇可以想像出黑帝斯現在是怎樣的表情——高高在上的勝利者，嘲笑著悲哀的失敗者。

「告訴我！」白修宇血紅著眼大吼出聲。

「好吧，既然主人您想要知道……」

黑帝斯語落，白修宇只覺得腦袋像是被鐵鎚重重直擊般，劇痛難當的同時，他的腦中飛快地掠過影像，畫面和聲音都清晰得像是有一臺播放器直接在他的大腦播放，然而白修宇無力驚嘆黑帝斯的神奇。

——不要告訴修宇。

他的視線筆直，眼神卻是帶著淡淡的懇求。

——如果沒有辦法成功破壞你，那麼我寧可讓修宇以為我背叛他，這樣即使修宇殺了我，也不會難過太久……

他淡定的眼中波瀾不驚，彷彿死亡對他而言就像是在說今天的天氣好不好罷了。

——你不會明白的。

他低垂的眼睫毛根根分明，漠然的神色一如以往，但他的嘴角揚起幾不可見的弧度，眼中帶著淡淡的溫柔……

直擊大腦般的痛楚消失，白修宇整個身體晃了一晃，他失神的眼眸迷茫地望著不知名的前方，竟是低低笑出了聲。

「哈……寧可讓我以為你背叛我……隆一，我該謝謝你嗎？謝謝你居然為了我這麼犧牲……」

低低的笑聲漸漸高昂，白修宇神態瘋狂地大笑起來，眼淚模糊了他的視線。

白修宇頭抵著泥土，雙手緊緊抓住自己的手臂，指甲狠狠刺進肌肉，可是他感覺不到痛，「同步」完美地保護住他的身體，不允許他這近乎自虐的舉動。

「啊……啊……啊啊啊啊——」白修宇猶如負傷的困獸，撕心裂肺地痛哭失聲。

要是可以這樣死了多好？

明明他才是最不應該存在的那個人……

白修宇狼狽地跌坐在冰冷的地面，十指宣洩痛苦般地抓耙著泥土。他彷彿想要用盡全身的力氣，不停、不停地哭泣著。

恍惚之間，白修宇好像看見了李政瑜和楊雪臻……想要扶起他的李靖芸，臉上同樣淌滿了淚水。

他們的神情慌亂，嘴唇闔動在說些什麼，可是白修宇卻完全聽不見，他只覺得四周的景象扭曲模糊，漸漸離他遠去。

在黑暗降臨前，白修宇似乎看見了滿天的櫻花飛舞，而泉野隆一就站在不遠處，對他溫柔地微笑。

——隆一，你回來了嗎？

白修宇伸出手，他想抓住泉野隆一，如果能夠抓住，那就再也不放開了……卻什麼也抓不住。

他，什麼也抓不住。

睜開眼睛，映入白修宇眼中的，是純白色的天花板，鼻間充滿一股醫院特有的淡淡藥水味。

「修宇，你醒了？有沒有哪裡不舒服？」

見白修宇醒來，李政瑜湊到他的床前，一臉緊張兮兮的將他從頭打量到腳。

「我沒事……不用扶我，我自己可以。」婉拒李政瑜的幫助，白修宇獨力撐起身體靠坐在床頭，環視四周，病房中獨獨不見李靖芸，「大姊呢？」

「大姊去和醫生談點事，你突然昏倒嚇壞她了……不過我也沒輕鬆到哪去，把你送來醫院後，針筒還是點滴那些的又都打不進去，光是想怎麼解釋就讓我捏了一大把冷汗。」為了加強話中的真實性，李政瑜還動作誇張地擦了擦額上根本不存在的汗。

楊雪臻睨了睨李政瑜，嘴邊勾起心驚動魄的一笑：「不會啊，李同學，我看你好像解釋得很開心，說什麼修宇修練失傳已久的功夫，可以讓全身刀槍不入，皮膚變得比石頭還硬，把那些醫生和護士唬得一愣一愣的。」

對於楊雪臻的拆臺，李政瑜一點也不感到困窘地揮手說道：「唉啊，楊同學，我這也是沒辦法中的辦法嘛，不然妳要我跟他們說針頭戳不進去，是因為有一具白目兼自大的機械人貼著修宇的關係嗎？」

楊雪臻翻了一個白眼，用表情直接傳達她的不屑，不過倒也沒再繼續拆臺，因為在當時那種慌亂的情況下，李政瑜還能掰出那一大篇天馬行空來解釋白修宇的異常已經實屬難得。

楊雪臻視線一轉，抬手摸了摸白修宇的額頭。

「雖然護士已經餵過退燒藥了，可是還有點燙……」

李政瑜臉色瞬變，連忙說道：「我馬上去找醫生過來！」

「政瑜，等等，我有話想跟你們說。」白修宇拉住正要轉身離去的李政瑜，「是關於……隆一的事。」

話甫出口，白修宇感覺自己的身體無可抑制地一陣顫抖……他望著滿臉疑惑的李政瑜和楊雪臻，輕輕閉上了眼，一字一句，緩慢而清晰地訴說泉野隆一的「背叛」。

平靜的表情，沉穩的聲調，可是白修宇的表情越是平靜、聲調越是沉穩，身體顫抖得越是劇烈……

李政瑜胸口血氣一逆，拳頭猛地握緊！

「黑帝斯，你給我滾出來！滾出來！」

心神一動，黑帝斯出現在眾人的面前。一見黑帝斯，憎恨的血色布滿李政瑜的雙眼，下一瞬，他的拳頭已是有如脫弦之箭，狠狠揮向黑帝斯！

黑帝斯嘴角抿上一抹冷然的笑意，就在李政瑜的拳頭要擊中他的那一剎那，他準確地抓住李政瑜的手腕。

「助手先生，你明白什麼叫做自不量力嗎？」

眼中冷然的笑意加深，黑帝斯的手腕微微一震，李政瑜只覺一股巨力猛然向他襲來，當他反應過來時，整個身體已經高高飛起，後背撞擊到堅硬的牆壁，嘴一張，便忍不住吐出溫熱的鮮血！

「黑帝斯！」白修宇憤怒地大喝一聲，一瞬也不移地瞪著黑帝斯。

「主人，請放心，我只是稍微讓助手先生明白他的渺小而已。」黑帝斯拂了拂手，像是在拂去飄落在衣服上的灰塵。他走向跌在地上的李政瑜，笑著伸出手，「助手先生，需要我扶你起來嗎？」

李政瑜恨恨地揮開黑帝斯的手，踉踉蹌蹌地掙扎從地上站起。楊雪臻抓起他的手扶在她瘦弱的肩上。

黑帝斯倒也不覺得尷尬，神情自若地收回手：「助手先生，你認為那位泉野隆一的死，是我的責任嗎？如果你真的是這麼認為，我也只能很遺憾的說你錯了。」

他慢慢踱步走回白修宇的身邊，微微一笑，「我只是沒有將我和泉野隆一的對話告訴主人而已，而且這還是主人所要求的。」

「你——」李政瑜咬牙切齒，他多希望能把眼前這張可憎的嘴臉撕破！

就在氣氛越發劍拔弩張的這時，白修宇低垂著眼簾，輕聲說道：「政瑜，黑帝斯說得沒錯，是我……都是我的錯……」

李政瑜一臉慌亂地張了張嘴，他想告訴白修宇，那不是他的錯，那時候他們都在因為泉野隆一的背叛而失落難受……這些話都只是蒼白無力的安慰，所以李政瑜終究什麼也沒有說。

如果那個時候，有注意到黑帝斯話中隱藏的含意；如果那個時候，他有回頭去找隆一……隆一是不是就不會死了？

可是再多的如果，也挽回不了發生的一切，他現在該做的不是沉溺在悲傷中，而是必須——站起來！

站起來，懷抱著無法挽回的後悔，還有憎恨著愚蠢無知的自己，一步一步地向前邁進。

活著，努力活著，只為了替隆一復仇！

白修宇深深吸了口氣，再抬眼時，眼眶雖然仍舊泛紅，神情已是冷然無波，先前籠罩他的傷痛如同虛幻的泡沫，消失得無影無蹤。

但李政瑜知道，白修宇只是又強迫自己戴上了一層面具，遮掩心中傷痛的面具。

「黑帝斯，隆一是被主人殺死的嗎？」白修宇冷冷地問。

黑帝斯眼中閃過一絲晦暗的金色光芒，似乎是在訝異於白修宇居然能如此之快地振作起來，不過那只是一瞬間的事罷了。

黑帝斯笑道：「我想是的。以這個世界目前的科技力量，想要殺死有機械人形保護的主人，非常非常的困難。」

「既然你也認為隆一是被主人殺死的，可是為什麼卻只有阿波羅消失了？」

白修宇冷凝著聲，這是他對泉野隆一的死感到最困惑的地方，依照規則，無論是回歸或者殉葬，主人和機械人形都應該從現世消失才對……

黑帝斯難得地皺起了眉頭，沉吟道：「這個問題也讓我思考了很久……主人，如果我沒猜錯的話，殺了泉野隆一的主人非常有可能是在收集技能。」

DEAD GAME 0205

特　殊　技　能

收集技能？白修宇眉一皺，開口便命令道：「黑帝斯，解釋！」

「主人，您還記得我跟您說過，主人是否能用機械人形的特殊技能這件事吧？」

白修宇頷首，那時黑帝斯是說要等到他的「同步」能完全融合後，才會告訴他。

「我之所以不告訴您，是因為我認為在您尚未完全融合前，您也無法使用。既然如此，不如等您完全融合後說，還比較有意義……但現在看來，似乎是我失策了。」

黑帝斯薄唇輕抿，笑道：「參加這場爭鬥的機械人形，都被賦予一種技能，例如我的電、阿波羅的火，而賦予我們這種技能的來源，主人您也見過，就是那個女人的機械人形交給我的機械晶片。」

「每一塊機械晶片除了能夠記錄主人的情緒波動以外，同時也能夠藉由情緒波動產生一種能量，這種能量就是機械人形所持有的特殊技能。只要主人的『同步』達到完全融合的狀態，便可以開始使用機械人形的特殊技能。」

白修宇記得那塊金屬的材質似乎很特殊，但沒有想到那塊金屬居然如此神奇。他才想問關於那塊機械晶片的問題，黑帝斯卻是笑著先截斷了他的話。

「主人，機械晶片為何可以讓我們機械人形產生這種力量的問題，請先放一邊吧，這個問題的答案，日後您會曉得的，並不急於一時。」

白修宇想了想，問道：「那你說的收集技能又是怎麼一回事？」

黑帝斯收起笑容，按著自己的胸口，解釋著：「因為我們的機械晶片中除了儲存著特殊技能的能量以外，還有能夠提升特殊技能力量的『點數』。」

「舉例來說，假設我們上次得到的那塊機械晶片中有一種甚至複數以上的特殊技能，您便可以選擇其中一種作為您的戰利品。一塊機械晶片中又存有固定的三分點數，您可自行將這三分點數分配到您所持有的任何一種特殊技能，用以提升力量。」

白修宇一邊聽著黑帝斯的話，一邊陷入了沉思。這種分配「點數」的方式，就跟某些電動遊戲的角色升級時，會有分數供遊戲者自由選擇想要增加哪些方面的能力相當類似，如生命值、力量值，難怪他會覺得耳熟。

「機械晶片的升級和攻擊的『劍』不一樣？」白修宇問。

「是的。簡單來說，劍之所以可以進化，是因為在確認勝利後，機械晶片便會分送能量讓劍進行進化。但是規則卻沒有明確規定機械晶片必須要勝利之後才能取得『點數』和特殊技能，換句話……」

白修宇面色一凝：「換句話說，又是你們君王『不小心』忽略的規則漏洞。」

黑帝斯說道：「看來似乎是這樣沒錯。雖然我先前隱約覺得規則有問題，卻沒想到會是這種問題……這是我的失誤，主人，請容許我對您致歉。」

語畢，黑帝斯深深地朝白修宇行了一禮。他的這一禮，竟不像先前幾次只有動作沒有心意，光從他肅穆的神情，就不難讓人感覺出他的歉意。

白修宇眉尾輕輕一跳，這還是黑帝斯第一次對於自己的失誤誠心誠意地道歉，他卻沒有一點幸災樂禍的感覺。

沉吟片刻，他問道：「黑帝斯，你們每個機械人形所知道的規則是一樣的嗎？」

「是的，主人。」

他又問：「機械人形能夠將人移轉到另一空間的這項能力，只有戰敗的一方才可以使用？」

「是的，主人。」

白修宇點點頭，好似疲憊地整個背部靠在床頭，說道：「你之所以沒有先告訴我，是因為你認為只有在完全融合後，我才可以使用你的特殊技能，而你之前也是主觀的認為，機械晶片的『點數』以及特殊技能是只有戰鬥勝利後才會有的獎勵吧？」

「是的，主人。」依舊相同的回答。

白修宇「嗯」了一聲，立即陷入沉思。為了不干擾他的思考，李政瑜和楊雪臻就連呼吸聲也盡量壓抑，就怕會不小心吵到了他。

從黑帝斯的這些話裡，白修宇大概能推測出黑帝斯為何會說那個殺死隆一的主人在收集技能了。

只要勝利達到三次，就會強制進入下一階段的爭鬥，也就只有不想那麼快進入下一階段的主人，才會放棄勝利的成立條件。

但殺死隆一的主人要讓勝利的條件不成立，可以強制取走阿波羅的機械晶片、或者在隆一戰敗後，不給予阿波羅選擇回歸或殉葬的機會就好了，為何獨獨留下隆一的屍體，只有阿波羅消失？

白修宇的眼角一個狠戾的抽緊——那個殺了隆一的主人也許知道他的存在，特意破壞勝利的成立條件，讓阿波羅留下隆一的屍體，就是在警告，又或者挑釁他！

不能原諒！無論是哪一個，他都不能原諒！

過了好一會的時間，努力平復下波瀾心情的白修宇說道：「黑帝斯，我接受你的道歉，因為這件事確實是你的疏失。如果你之前就告訴了我這些事，也許我一時之間也不會想到鑽規則的漏洞，但也許我會想到……不管怎麼說，假設性的問題對我們來說已經沒有任何意義。」

「唯一可以確定的，是殺死隆一的主人應該相當聰明。當然了，這必須歸功那位主人的機械人形非常善盡告知的責任，才能讓那個主人找到規則的漏洞。黑帝斯，這一點你同意嗎？」

黑帝斯微微垂下目光，說道：「是的，我同意。」

李政瑜和楊雪臻兩人對視一眼，同時露出一笑，能看到黑帝斯吃癟卻又無可奈何的樣子，真是大快人心啊。可是一想到黑帝斯之所以會有這種模樣，全都是因為泉野隆一的死，李政瑜的神情瞬間黯淡無光。

「黑帝斯，這場戰鬥你不想輸，而我們不能輸，也輸不起，尤其是在隆一的這件事情之後……我要為隆一復仇，但是我的復仇並不是不計一切，政瑜和雪臻都不能為此犧牲。對你來說，他們不過是死了還可以再找的助手，但是對我來說，我已經不能再失去了……你明白我的意思嗎？」白修宇說著，視線筆直地凝望著黑帝斯。

黑帝斯低下頭笑了起來，「明白。呵呵，真是叫人傷心，看來主人您非常不信任我呢。」

「因為你完全沒有值得我信任的本錢。我很害怕如果我說出要不計一切的為隆一報仇，你就會將政瑜和雪臻的命也算進那『不計一切』裡面。」

黑帝斯理所當然地笑道：「主人，所謂的『不計一切』，就是不管付出什麼也在所不惜不是嗎？」

看著黑帝斯俊美而毫無愧疚的笑容，白修宇不由得慶幸他沒有被仇恨沖昏了頭。

楊雪臻問道：「修宇，現在你打算怎麼做？」

白修宇想也不想地回答：「留在日本，蒐集消息，還有盡快完成『同步』的融合，我不想繼續處在這種弱勢的局面。所以黑帝斯，你的散步結束了。」

「主人，您的這種說法好像我是您所養的狗……明明看門犬是那位助手先生才是啊。」黑帝斯戲謔地望了李政瑜一眼，後者立刻張牙舞爪地朝他「汪」了一聲。

「呵……主人，不管狗還是貓，您真受動物歡迎呢。」

輕輕一笑，黑帝斯抬手觸碰白修宇的額頭，頎長的黑色身影剎那間消失。

李政瑜隨手擦去嘴邊殘留的血跡，暗暗在心中對黑帝斯比了一記中指，皺眉問道：「修宇，我贊成你留在日本的決定，可是白先生那邊你想好怎麼解釋了嗎？」

「解釋的理由多的是，總之能拖多久是多久，拖到不能拖為止。」白修宇掀開被單，一副就要起身的樣子。

楊雪臻趕緊制止道：「你還在發燒……」

白修宇一臉淡漠地擺了擺手，「不要緊，一點小病而已，放著不管也會好，我現在連一秒鐘都不想浪費。」

養病怎麼能說是浪費時間？楊雪臻心知她的說服力不夠，便朝李政瑜扔了一記眼刀過去。

儘管明白白修宇的脾氣一拗起來就很難改變，但顧慮到白修宇的身體狀況，李政瑜還是關心地建議：「修宇，我知道你的心情，但不管怎麼說，都得先把病養好。」

見白修宇臉色滿是有話要說，他忙道：「今天，就只有今天待在醫院休息一下，至於白先生那邊，由我想個理由對大姊說，我辦事從來沒有讓你失望過的，不是嗎？除非你不信任我，覺得我連這點小事也做不好。」

「我怎麼可能不信任你……」

「既然信任我就乖乖的躺回去蓋你的棉被吧，順便讓黑帝斯把手臂那一塊空出來，都進來醫院住了，不打個點滴就沒有住醫院的氣氛。」李政瑜一邊說著，一邊將白修宇壓回床上躺下，將被扔到一旁的被子重新蓋回他的身上。

「楊同學，修宇就拜託妳好好照顧了，我去找大姊談談，順便請醫生過來一尬。」他眨了眨眼，嘿嘿笑道：「對了，楊同學，妳可不能趁我的心肝寶貝生病的時候對他毛手毛腳喔！不然小心我代替月亮懲罰妳！」

這麼肉麻的話都說得如此順口，估計李政瑜的神經是用鋼鐵打的。

「你快點滾出去吧！」

楊雪臻足下一個掃踢，李政瑜輕鬆地一個翻身跳躍，避過她的攻擊後，順勢開門，大搖大擺地揚長離去。

「妳和政瑜的感情真是越來越好了。」白修宇忍不住感嘆，不是冤家不聚頭，這句俗諺說得果然對極了。

楊雪臻的嘴角一個抽搐，僵硬無比地笑道：「修宇，你哪一隻眼睛看到我和他的感情越、來、越、好、了？」最後的五個字，她幾乎是咬牙從齒縫間擠出來的。

「兩隻眼睛都看到了。」白修宇揚起嘴角，淡淡一笑。

楊雪臻一向喜歡看白修宇笑，總覺得他笑起來的時候，無論是多麼陰暗的日子也會變得光明璀璨，可是……

「不要笑了。不想笑，就不要笑。」楊雪臻抬手遮住了白修宇的雙眼。

白修宇一愣，隨即收起了笑，用著複雜的神情低低說道：「雪臻，為什麼妳不願意成為我的朋友呢？」

雖然楊雪臻不瞭解他的背景、他的出生，可是無庸置疑的，楊雪臻卻是最能夠靠近他內心深處的人。

「對不起，是我太自私了。」楊雪臻眼也不眨地說，與其屈就於朋友這個曖昧的身分，不如什麼也不要得到，這是她一貫的想法。

柔軟手心下的睫毛顫了幾顫，白修宇低低說道：「不，自私的人……一直是我。」

房內，一時無聲。

DEAD GAME 0206
分　配

匆匆的半個月過去。

白修宇不知道李政瑜是怎麼和李靖芸說的，但是自從李靖芸回臺後，這半個月來，白先生那邊沒有任何動靜。

白先生沒有動靜，想必是李靖芸不知道用了什麼藉口拖住了白先生，但白修宇心裡清楚，他的時間有限。

關於那個殺了泉野隆一的主人，依然沒有任何消息，就好像人間蒸發了一樣。那個主人應該知道了他的存在，否則不會特意留下隆一的屍體挑釁，但為何這些日子以來，什麼動作都沒有？

白修宇不解，卻依然沒有停止調查的腳步。

那一夜，泉野隆一是在他們離開之後，遇見了另一個主人，最後不幸戰死，所以——時間，地點，這兩項是想找出那個主人的最主要因素。

白修宇借重了泉野家的無數人手，卻只查出那一夜在他們離開之後，泉野隆一也跟著離開，去向不明，再次有他的消息時，已經是……

0101010111001
1001000

「修宇。」

白修宇驀然回神，看向那張略顯憔悴，卻依然不失風情的和服女子——泉野瀧子，泉野隆一的母親。

「伯母，對不起，我失神了。」

跪坐在榻榻米上的白修宇微微頷首，表示歉意。

雖然白修宇的聲音一如以往的低沉有力，可只要有眼睛的人，都看得出此時的他神色疲憊卻又強打精神的模樣，而他原本合適的一身黑色西裝，彷彿沉重得可以壓垮他的肩膀。

泉野瀧子憐愛地說道：「這些日子以來，聽政瑜說你一天幾乎睡不到兩個小時……修宇，我明白你的心情，可是隆一那孩子不會希望你這個樣子。」

白修宇一怔，眼底似有千言萬語，最終卻是化成淡淡一句：「如果死的那個人換成了我，隆一做的絕對不會比我少。」

「你和那孩子，在那晚發生了什麼事我不知道……也不知道為什麼隆一那晚不說他是存心把你騙來，反而讓你以為他背叛了你……我只知道，那孩子在乎你，無論如何，他都只希望你過得好好的。」

「我知道。」白修宇面無表情地說。

「你知道，卻做不到。」泉野瀧子嘆息一聲，眼中盡是長輩對晚輩的疼惜，「那孩子的死，不是你的責任，你無需擔負他的死……我和外子的心意，你應該明白。」

「……是的，我明白。」

不管從哪個角度來看，白修宇都有著非常重大的嫌疑，因為最後見到泉野隆一的，是他們，而且雙方在分開前還起了不小的衝突。

泉野家其實傳出了不少泉野隆一可能是被白修宇殺死的輿論，然而這些聲音都被泉野隆一的父親泉野明，以及泉野瀧子硬生生地壓了下去——不僅如此，他們甚至還下達了只要是泉野家的一份子、就必須竭盡全力協助白修宇的命令。

對此，白修宇致上深深的感謝。

泉野隆一的雙親不必要做到如此，他們大可將一切的錯誤歸咎到白修宇的身上，可是他們沒有，就連一句責備也沒有。

看著白修宇的臉龐，泉野瀧子又是一聲嘆息，輕輕攏了攏白修宇額前垂落的髮絲，「修宇，謝謝你在百忙之中還抽空過來陪我這個老太婆聊天……」

「如果伯母您是老太婆，我想這個世界上就沒有一個女人敢說自己還年輕了。」

泉野瀧子笑了，「貧嘴！你這孩子好好的，別學政瑜那孩子的輕佻和不正經。」

告別泉野瀧子，一走出泉野家的大門，白修宇便看見李政瑜和楊雪臻。

李政瑜不進去，是因為他對泉野瀧子很頭痛，每次泉野瀧子一見到他，就會長吁短嘆地說他太不羈放蕩，總是讓女孩子傷心之類的話，聽到他的耳朵都長繭了也還是樂此不疲。

至於楊雪臻不進去，是因為她根本不認識泉野瀧子，和白修宇一同進去未免尷尬，不如在外面等候。

見白修宇出來，李政瑜兩眼放出光芒，「哇哇，你終於出來了，我剛在想要不要去吃個飯再回來呢。」

白修宇嘴角微微挑起，露出一抹淡笑：「如果你餓了，我可以陪你去吃。」

「我隨便說說你還當真咧！」李政瑜歪了歪嘴，問道：「伯母她還好嗎？精神看起來怎麼樣？」

留在日本的這段期間，白修宇一有空閒就會拜訪泉野明和泉野瀧子。視為寶貝的獨子泉野隆一死去，隆一的雙親受到的打擊絕對不小，而白修宇能做的，就是偶爾陪陪他們罷了。

白修宇沒有正面回答李政瑜的問題，「伯母是個很堅強的人。」

堅強的人即使難過，也不會讓人看見她的脆弱。

聽出他的言外之意，李政瑜眼光一黯，臉上卻是大大咧咧地笑道：「嗯嗯，這樣精神應該不錯吧！」

「修宇，你打算繼續在日本待多久？」楊雪臻忽然問道。

白修宇還沒回答，李政瑜已經搶過他的話，「怎麼？楊同學，妳要是想回去妳就先回去啊，我和我家修宇不僅不會強迫留下妳，還會搖旗吶喊歡送妳回去。」楊雪臻白了李政瑜一眼，「你明明知道我不是這個意思，麻煩就不要來湊熱鬧了好嗎？」

「討厭，楊同學好凶喔～」李政瑜兩手撐在下巴，一副人妖版的「人家好怕」。

對於李政瑜的故意找碴，楊雪臻的眼角一個抽緊，渾身散發出一股危險的味道，彷彿下一秒，她就會拿出一把凶器把李政瑜四分五裂再四分五裂……

不行！修宇還在這裡，就算她真的很想殺了李政瑜這個混蛋，也要——忍！忍無可忍，還是要忍！

「政瑜，好了，不要鬧雪臻了。」無奈地教訓了李政瑜幾句，白修宇說道：「雪臻，妳是在擔心學校那一方面嗎？學校那邊會有人出面幫我們處理的。」

楊雪臻搖頭道：「我不是擔心學校那邊，要是真不行，頂多辦休學而已，不是什麼大問題。雖然由我來說不太妥當……我擔心的，是那位白先生。」

空氣一瞬間凝固。

一提到白先生，李政瑜煩躁地抓了抓頭髮，「哪壺不開提哪壺，楊雪臻，妳就不能講點開心的嗎？」

楊雪臻哼了一聲，「如果不講就不會存在，那我很樂意把我的嘴縫上拉鍊。」

這女人越來越哲學了，難不成她偷跑到京都那裡走了一趟哲學小路嗎？李政瑜的嘴角抽搐。

「白先生那邊……應該還能再拖一陣子，大姊是這樣告訴我的。」白修宇說道。

李靖芸為了幫他們爭取留在日本付出了不少心力，白修宇也明白他們多留在日本一天，就多帶給李靖芸一份壓力……儘管他的心裡清清楚楚地知道這一點，他也只能一邊懷抱著愧疚，一邊自私地滯留在日本。

感覺到白修宇周身散發的氣息越來越沉重，李政瑜不著痕跡的轉移話題：「對了，修宇，你的『那個』訓練得怎麼樣了？順不順利啊？」

聞言，白修宇原本緊緊抿成一條線的嘴唇上揚，浮現柔和的弧度，「我大致上掌握八成了。」

白修宇抬起手，攤開的掌心竄出無數條如毫髮般的藍色電流，那些電流一開始形成掌心大小的圓形，但只見白修宇的食指一個輕彈，藍色電流彷如有生命般地蠕動起來，迅速形成一張和李政瑜有幾分相似的人臉。

——在五天前的晚上，白修宇全身驀地冒出陣陣毛骨悚然的黑霧將他整個人籠罩，讓他的形象瞬間從優雅王子變成彷彿從地獄爬出來的惡鬼一般。

幸好，那時候他待在泉野隆一先前為他準備的住處，身邊的人只有李政瑜和楊雪臻，這才沒有造成什麼騷動。

就在眾人驚疑不定中，「同步」狀態中的黑帝斯告訴他，這是「同步」臻至完全融合的證明，比預料中的快了數天達成。不過，黑帝斯也說「同步」的融合速度原本就視個人的體質還有精神變化而有所不同，因此即使提早達成完全融合，也不是什麼需要過於深思的問題。

總而言之，隨著「同步」的完全融合，白修宇終於可以正式進入狀況。

在籠罩白修宇全身的黑霧緩緩消失後，忽然一陣溫和而悅耳的陌生男聲在他的耳邊響起。

『提示：同步完全融合成功。』

『提示：由於完全融合，主人可使用機械晶片的儲值攻擊技能——電。』

『提示：由於完全融合，劍體攻擊力上升十個百分點，劍體堅硬度上升十個百分點。』

『提示：主人取得一場勝利。』

『提示：主人取得機械晶片，晶片儲值輔助技能為羽翼。羽翼目前可發動持續時間為一分鐘整。』

『提示：主人取得機械晶片，晶片儲值分數三點，可選擇使用於增加各項特殊技能威力，或者繼續累積點數。』

『提示：主人可進行劍的第一階段進化，十五個百分點可供主人自由分配上升劍體攻擊力以及劍體堅硬度。』

『提示：特殊技能的點數使用，以及劍的進化皆必須於同步狀態下進行，詳細進行過程將由所屬機械人形指導。』

一句又一句的提示，在毫無心理準備的狀況下，換成了別人可能會聽得頭昏腦脹，而白修宇在瞬間的訝異過後很快地歸納出了重點。

見白修宇在黑霧消失後，竟一臉出神的呆愣原地，楊雪臻不由得關心問道：「修宇，你還好嗎？」

驀然回神，白修宇點點頭，安撫擔憂的李、楊兩人。

「嗯，只是接收到了一些很像是電腦提示的訊息……政瑜，你真該聽聽，簡直和你常在玩的電動遊戲一模一樣。」

在進行劍的進化還有技能的點數分配之前，白修宇決定先嘗試使用他的兩項技能——「電」、「羽翼」。

「同步」狀態下，白修宇要和黑帝斯溝通仍須依靠言語，但黑帝斯的機械晶片卻能夠確實偵察到白修宇的大腦區域，並且將之記錄下來。

因此白修宇想要使用「電」和「羽翼」這兩項技能，便得透過機械晶片，而要透過機械晶片，就必須以思考作為手段。

「主人，請您先想像電流在您手中出現，電流的形狀、顏色……您都必須一一想像，讓機械晶片確實接收到您的訊息，機械晶片才能夠將您的想像化為真實，一一的反應出來。」

黑帝斯用著平緩的語氣，詳細向白修宇解說如何將特殊技能運用出來。

不得不承認，雖然黑帝斯有很嚴重的性格缺陷，但他確實聰明，而且很懂得如何教導別人，原本十分抽象的概念在黑帝斯的解釋下，瞬間變得清晰簡單起來。

隱隱幾聲清脆的劈里啪啦作響，一團直徑不超過五公分的藍色電流在白修宇的掌中出現。

或許是由於看過先前黑帝斯和阿波羅之間的戰鬥，因此白修宇所化出的電團和黑帝斯的電流型態有幾分類似，就連顏色也是相同的藍色。

隨意地把玩了手中的電流幾下，白修宇開始嘗試他的第二項技能——「羽翼」。

既然稱為「羽翼」，白修宇腦中便有了一般的刻板印象，緊接著下一瞬間，他的背部展開一雙三公尺之長的巨大白色羽翼，幾乎占去了他房間的四分之一。

「好漂亮……」

楊雪臻情不自禁地觸摸白修宇的那對羽翼，羽翼上的羽毛根根分明，摸起來的手感柔軟而細緻。

「修宇，你變成天使了……」

李政瑜一臉咋舌。原本白修宇就有種高貴淡漠的氣質，再加上這雙巨大羽翼的映襯加乘效果，使得白修宇整個人看起來聖潔而柔和。

由於「羽翼」的發動時間只有一分鐘，時間一到，那雙白色羽翼便自動消失。

白修宇皺了皺眉，白色這個顏色太乾淨了，他並不適合。心神一動，再次出現的「羽翼」已經由潔淨的純白變成漆黑的顏色。

「啊啊啊啊啊啊！」李政瑜慘嚎不止，「修宇，白色比較好看啦！換回白色、換回白色！」

似乎是真的很喜歡白色，李政瑜連形象都不在乎了，任性地在地板上滾來滾去。

楊雪臻翻了個白眼，踢了踢李政瑜，「李政瑜，你都幾歲了還玩這招？」

李政瑜扁著嘴威脅道：「我就是要玩這一招。修宇，換回白色的啦，不然我就這樣一直纏著你不放！」

白修宇毫不為所動，淡淡說道：「黑色比較適合我。」

「修宇，換回白色啦！」

李政瑜滾到白修宇的腳邊蹭啊蹭的，被蹭的白修宇沒什麼感覺，一旁看的楊雪臻倒是起了一身的雞皮疙瘩，暗暗感嘆好一個人無臉皮則強大。

不管是黑色還是白色，情人眼裡出西施的楊雪臻都認為很適合白修宇，但實在是太受不了李政瑜的鬼哭神號，她只好說道：「黑色很好看啊，這樣很像那個墮落天使路西法。」

雖然是隨意提起，但一說出口，楊雪臻倒也覺得這是個非常適合白修宇的形象。

路西法（Lucifer），名字的意義是「上帝的毒」，在墮落地獄之前，路西法是天界中最美麗，也是權柄最大的熾天使長；而在墮落地獄之後他成為墮天使之首，地獄七君王之一。

喜歡看動漫畫的李政瑜多少對這位地獄君王也有印象，他兩手環胸一副認真地思考，像在研究什麼人生大事一樣。

過了好一會，思考出結論的李政瑜神色嚴肅地說道：「嗯，好吧，就我看過的漫畫裡，路西法常常被塑造成俊美、聰明的角色，可惜歸可惜，不過黑色翅膀也不賴。墮落天使，嗯嗯，很棒！」

敢情他剛剛想了這麼久，都是在思考路西法的樣子配不配得上修宇？李政瑜這傢伙真的沒救了。不過楊雪臻也不由得慶幸李政瑜不是女的，不然肯定會成為她的勁敵……雖然說現在也沒有好到哪裡去。

在李政瑜的要求下，白修宇再次發動了「羽翼」。看著那栩栩如生的翅膀，李政瑜伸手拔下一根羽毛，才剛握在手中不到一個眨眼的時間，那根羽毛便消失無蹤。

由此可見，雖然「羽翼」像是真的翅膀，不過也僅止於「像」而已。但能夠做到這種地步，黑帝斯世界的科技已經進展到非常可怕的境界了。

「修宇，接下來你打算怎麼分配點數？劍的進化你打算朝哪個方向走？」李政瑜好奇地問。機械晶片只有儲存點數三點，不曉得每一點會增加特殊技能多少威力。

白修宇攤開手掌，凝望著掌心緩緩伸出的劍刃，不久之後，只見他食指一個輕彈，電流彷如有生命般地蠕動起來，誰也不清楚他想做什麼。

——直到現在，眾人終於恍然大悟。

李政瑜目瞪口呆地看著那張人臉，「見鬼了！修宇，你也太神了吧？」

雖然只是一條條的藍色電流「編織」而成的立體臉部，但白修宇將五官「編織」得非常細緻，幾乎一模一樣。

白修宇說道：「我已經使用積分提升『電』的威力，所以接下來就得訓練我的控制精準了。」

那天晚上，白修宇決定將機械晶片儲值的點數在「電」上用了兩個點數增強威能，將發動時間由一分鐘延長為十分鐘；「羽翼」則用了一個點數，發動時間延長為五分鐘。

之所以不將點數全都集中在「電」，是因為白修宇認為「羽翼」這項飛行輔助技能在之後的戰鬥中應該可以起到不小的作用。如果對方沒有飛行之類的輔助技能，那麼掌握空中優勢的白修宇在戰鬥時就能增加不少勝算了。

DEAD GAME 0207

第 三 位 主 人

今天的天氣很好，氣候溫暖而不炙熱，所以本來打算坐計程車返回住處的白修宇突然想散步。

心想白修宇這些日子把自己繃得太緊，的確是需要好好放鬆一下心情，因此李楊兩人大大贊成他的突來奇想，反正最近的車站距離泉野本家大概才半個多小時左右的路程，拿來當作散步剛剛好。

一路上，似乎是不想破壞這難得的寧靜和諧，三人都很有默契地沒有提到關於泉野隆一，以及戰鬥相關等話題，只是聊著一些有的沒的電視節目，閒話家常。

「主人。」黑帝斯的聲音忽然響起。

白修宇不悅地一個蹙眉，在這種心情平和的時候聽到黑帝斯說話，就好像端起碗正要吃飯的時候卻有蒼蠅掉到碗裡一樣地令人噁心。

黑帝斯也明白白修宇此時心中的厭惡，輕輕笑著說道：「主人，我也不想在這種氣氛良好的時候打擾您，可是我剛剛搜索了一下，發現東南方有機械人形的反應，判定並非『同步』狀態。」

白修宇停下腳步。

「修宇，怎麼了？」李政瑜奇怪地問。

「黑帝斯發現機械人形了！」

白修宇匆匆丟出這一句，立刻跑出人行道攔下一輛計程車。李政瑜和楊雪臻對看一眼，默契十足地同時跑向計程車。

「謝謝，麻煩這裡停下。」付過車費，白修宇三人在一家超市前下了車。

看著懸掛在玻璃窗上那一條條「激安」的紅色布條，還有一個個手拿超市廣告單的婆婆媽媽，李政瑜一點也無法萌生死戰前的火熱鬥志。

「修宇，就是這裡嗎？」

白修宇倒是面無表情地說道：「嗯，黑帝斯說那個機械人形正以平常的走路速度往我們的方向過來，可能沒有發現到我們。」

李政瑜僵硬地轉動脖子，望向超市的那扇電動門——該不會那個機械人形會提著大包小包的塑膠袋出來吧？靠，這也太生活化了……

就在三人的惴惴等待中，那名眾所期待（？）的機械人形終於出現了。

在一群婆婆媽媽中，即使沒有黑帝斯的幫忙，白修宇想要分辨出機械人形也是一件輕而易舉的事情。

因為機械人形似乎都有一個共通點——長相非常引人注目。

淡褐色的蓬軟頭髮，五官精緻得彷彿像是人偶娃娃，全身的肌膚如嬰兒般的嬌嫩，來往的顧客都忍不住將目光停留在他身上。

那名機械人形一出超市，馬上就看見了站在門口的白修宇等人，臉上出現一瞬間的驚訝，雖是很快地隱藏起來，卻沒有逃過白修宇的目光。

「可以談談嗎？」白修宇主動開口。

「到我的居住地方再談可以嗎？我這裡有冷凍食品，必須盡快回去冷藏，不然很容易壞掉。」

那名機械人形揚了揚手上的塑膠袋反問，白修宇沒有異議地點頭同意。

「你們可以稱呼我為光。」光如此說。他提步走向停車場，卻不是要開車，而是為了解開一隻狼狗被綁在柱子下的狗繩。

「逛超市買東西再順便溜溜狗……」

李政瑜的頭有點暈，這具機械人形的主人還真是會物盡其用……不過那也是要機械人形肯配合才行吧？換成了黑帝斯，以他那高傲自大又惡劣的個性，說不定會幹掉主人另外找一個新的……不，不是說不定，而是絕對會這樣做。

見李政瑜的表情像是生吃了一隻蟑螂的怪異，楊雪臻也是一副要笑不笑的表情問：「李同學，我們剛才該不會在想同一件事吧？有關黑帝斯。」

李政瑜手摀著臉哀嚎道：「天啊！太可怕了，為什麼我會和妳這個猩猩女心有靈犀啊……」

光領著白修宇等人走了十多分鐘左右，來到一間日本常見的洋式二層樓住宅。光說道：「麻煩你們等一下進去後就說是我的朋友，裡面的那個人不是我的主人。」

光掏出鑰匙，一打開門走進屋裡，白修宇便看見一名看似大約七、八歲的瘦弱孩子站在玄關前，向光露出燦爛的笑容。

「光哥哥，你回來了！」

「我回來了。」光將手上的塑膠袋放下，彎腰將那孩子抱起，「康則，我有朋友過來，你要不要跟他們打個招呼？」

「大哥哥、大姊姊好，我是京賀康則！」康則用充滿朝氣的稚嫩童聲向門外的白修宇等人問候。

對著一個張著大大雙眼期盼地看著他們的孩子，白修宇等人即使心裡做好廝殺的準備，這時也無法對康則產生絲毫敵意。

在白修宇等人也一一介紹過自己後，康則歪了歪頭一臉困惑。

「光哥哥，你的朋友名字都好奇怪。」

「因為他們都是外國人啊。」光揉揉康則的頭髮，「我買了點心回來，你去洗個手出來就可以吃了。」

「光哥哥最好了！」康則用力地點點頭，一臉的興高采烈。光一將他放下，他便一溜煙地往屋內跑去。

「請進。」

光讓開一條路讓白修宇等人進入，而他自己則是取過掛在牆邊的毛巾，細心地擦拭著狼狗的四足。

那隻狼狗很聰明，當光將牠的腳底擦乾淨後，牠道謝似地朝光汪了一聲，隨即跑進了屋裡，看來是去找康則了。

光禮貌地將白修宇等人請到客廳稍坐，還非常有禮貌地送上了茶水後，才去整理從超市購買的食品。

看著光忙碌的身影，李政瑜的額頭劃下好幾條黑線——好一個家庭主夫啊……要是不知道這傢伙是具機械人形，他真會忍不住頒一座新新好男人的獎盃給這傢伙咧。

「光哥哥，我洗好了，我有用洗手乳，洗得很乾淨喔！」康則獻寶似地舉高他攤開的手掌給光檢查。

光看了看，滿意地點點頭，將賣相可愛精緻的點心端給康則，「我要和我的朋友談點事情，康則要端去自己的房間吃，還是要在客廳一邊看電視一邊吃？」

這個問題似乎讓康則感到相當困擾，他苦惱了好一陣子後，怯怯地拉著光的衣角說道：「我要在客廳吃……卡通的時間快到了，我保證會把音量調小，不會吵到光哥哥你們的。」

「那種事情你不需要擔心，你喜歡開大聲一點也無所謂。」光又一次揉了揉康則的頭髮，「去吧。」

——因此，就在這種伴隨著以卡通為配樂的活潑背景下，光與白修宇等人展開了一點也沒有嚴肅氣氛的話題。

「那個小孩不是你的主人？」李政瑜實在是太好奇了。

光點點頭，「是的，關於這一點我剛才也說過了，康則並不是個機械人形會選擇的主人，他太軟弱了。」

一個小孩子而已，再堅強也有限度，畢竟不是每個孩子都和他們一樣，在那種家

族、那種背景下成長……

李政瑜大大剌剌地笑著，扳起了手指數道：「買菜、煮飯、溜狗、帶孩子……哈，你的主人真是太強了，簡直把你當成菲傭使喚，什麼時候可以帶我們認識你的主人一下？」

光不帶任何情緒地瞥了李政瑜一眼，「我的主人你們已經見到了。」

「你不是說那孩子不是……」話語猛地一頓，李政瑜眨了眨眼，看向安靜地趴在康則身旁的那隻狼犬，視線又轉回光找不出瑕疵的臉上，滿臉愕然。

「……不會吧？」

「是的，牠就是我的主人，康則稱呼我的主人為拉奇。」

光一語驚人，他的話如同平地乍響一聲驚雷，連白修宇都不禁為此訝異。

主人——一隻狗！？

「機械人形可以自由選擇自己的主人。規則並沒有特別註明限定人類，至少在我選擇牠作為我的主人時，我的機械晶片同意了我的決定。」光說著，音調平靜而緩慢，「不過並不是每一具機械人形都能選擇非人類為主人，我之所以能這麼做，是由於我的特殊技能支援的關係。」

原本靜靜陪著康則的狼犬像聽到了什麼聲音，驀地站起，一邊晃著尾巴，一邊緩緩走到光的身旁。

光輕輕地拍了拍狼犬的頭，雙眼直直地注視著白修宇，「我的特殊技能是『心靈感應』。只要我想，我可以知道任何生物的想法，也能傳達我的想法給任何生物。」

白修宇的耳邊響起了黑帝斯的聲音：「原來如此，是輔助類的特殊技能……主人，不管是這位主人，還是這具機械人形都很不好對付呢。」

從這短短的相處時間來看，光的性格沉穩、冷靜，應該也相當聰明（或許該說機械人形沒有不聰明的），而光會選擇一隻狼狗作為他的主人，想必是他判斷拉奇在戰鬥方面比人類優秀。

的確是如此，最好的例子就是經過訓練的警犬，是人類緝凶捕犯的最佳幫手。狗跑起來的時速可達六十公里以上，嗅覺能力是人類的一百萬倍，聽力則是人類的四倍。雖然狗的視力不好，距離超過八十公尺就難以分辨出主人，不過狗的動態視力較為敏銳，在黑暗中的視力、視野也都比人類還來得優秀。

在這樣的條件之下，再加上一具特殊技能為「心靈感應」的機械人形來協助戰鬥，還有『同步』加成身體各項感官的能力……即使光和拉奇並沒有助手協助，白修宇認為他們也是足以令人相當頭痛的對手。

『我會選擇牠作為我的主人，並不是單單止於因為牠的戰鬥條件優於人類。』

當白修宇再次聽到光的聲音時，是直接在他的腦袋中響起，光完全沒有開口——心靈感應！

白修宇心中一驚，這種被窺視想法的感覺令他感到非常不悅，就好像被扒光了衣服，整個人赤裸裸地站在光的面前。

光毫不在乎白修宇散發出的陰暗氣息，『你的機械人形選擇你的理由，在於他認為你的資質勝過其他人類，而我選擇我的主人，是因為我的主人想要守護康則的意念非常強烈，牠願意付出一切保護康則。』

『那孩子的父母呢？』白修宇問。

光望著康則瘦小的背影，正專心看著電視的康則完全沒有在注意他們的談話。

『康則是個私生子，他從來沒有見過他的父親。康則的母親是個酒家女，她把康則當成她的累贅，認為如果沒有康則她就不會過得那麼貧窮悽慘……不用我多說，我想你大概也能明白在這種情況下，被母親打罵對康則來說都是家常便飯。』

『康則常常好幾天沒有洗澡，衣服也總是穿著同樣的一套。康則喜歡去學校，雖然他在學校沒有朋友，可是至少他在學校可以吃到好吃的營養午餐，還能把營養午餐多出來的麵包帶回家當晚餐。如果遇到假日，康則就只能盡量找出家裡有沒有可以吃的東西，找不到，他就只能喝水充飢。』

光的表情和語氣都沒有什麼太大的起伏，平平淡淡，卻更加撼動人心。

『康則每天光是想著如何填飽肚子就很辛苦了，就在半年前，他在他家住處附近的公園裡發現了我的主人。我的主人是隻被丟棄的流浪狗，骯髒、渾身都是跳蚤，每個路人看見牠都露出嫌惡的表情，只有康則一眼就喜歡上牠，將每天本來就吃不夠的食物分給牠。』

『對我的主人來說，康則就是牠的全部，牠希望康則能夠不再因為母親的虐待而受傷挨餓，牠希望康則能夠像別的孩子一樣，每天盡情地笑、盡情地玩……牠強烈的希望讓我再三的考慮後，決定選擇牠為主人。』

白修宇一言不發，默默地注視著光許久後，問道：『你為什麼要對我說這些？』

光輕撫著拉奇的頭，好像很舒服的模樣，拉奇一臉享受地眯起了眼睛。

『我知道你來的目的是為了什麼，殺害你朋友的人不是我和我的主人。事實上，我和我的主人到目前為止除了你們之外，沒有遇過其他的主人了。我也知道，就算我們不是你想找的人，你也不會就此罷手……為了復仇，你需要更強大的力量。』

『所以？』白修宇的眼光一沉，猜測著光的用意。

光持續對白修宇使用著特殊技能，當然得知他此時的想法，『所以，我並不是要你放棄和我們戰鬥這件事，我的主人很清楚牠被捲入了不能脫身的漩渦當中。我會告訴你這些事，並不是我在採取同情攻勢，而是如果這場戰鬥真的無可避免，我的主人又不幸落敗的話，牠希望你能妥善照顧康則。』

白修宇靜默了好一會，才說：『在還沒開始之前，就預想可能的失敗……光，你不是太悲觀，就是太聰明了。』

『我只是認為讓主人毫無後顧之憂的戰鬥，是每一具機械人形應盡的本分。』光想也不想地回答。

凝視著光不變的表情，白修宇問道：『你對於你們君王派給你們的任務，好像非常的不以為然？至少就我所看到的，你給了我一種你並不想參與這場戰鬥的感覺。』

『守護康則是主人的願望，但是這些日子以來，不知不覺間這也變成了我的願望。我們機械人形所具備的感情只是電腦程式所賦予的，我很清楚這一點……可是每一次看到康則對我笑著，聽到他信賴地喊著我的名字，我總覺得我身體的某一個地方就會變得很柔軟，就會忍不住想要對他更好、更好一點……這種感覺，也是電腦程式賦予我的嗎？』

兩人間的心靈對談，不僅旁人無法聽見，即使是同步狀態的黑帝斯也無法得知。

驀地，白修宇冷凝著臉從座位上站起。

「回去了。」

扔下這一句，白修宇轉身便走，李政瑜和楊雪臻同時一愣，隨即推開椅子跟在了他的後頭。

「大哥哥、大姊姊再見！」

電視機前的康則轉身露出大大的笑臉，揮手向他們道別。

光將他們送到門口，雙眼注視著白修宇，「請你考慮看看。只是無論如何，我和我的主人都不會束手待斃，要是你願意放棄那當然是最好的了。」

『我可以問最後一個問題嗎？』

白修宇在心中想著，他知道光能「聽見」，『……那孩子的母親現在在哪裡？』

光的嘴角微微揚起，露出了見面至今的第一抹微笑，那微笑，冰冷得刺骨。

『她已經去了一個凡是生物，終將到達的地方。』

DEAD GAME 0208

真　實

「修宇，你和那個光談了什麼？」李政瑜皺緊眉頭。

回來以後，白修宇就一直坐在走廊，一句話也不說地盯著那棵花瓣散盡的寒櫻。

既然知道光的特殊技能是心靈感應，李政瑜可不會蠢到認為之前白修宇和光他們兩個人看來看去是在眉目傳情。

楊雪臻倒是挺有閒情雅致地端來茶具，慢悠悠地沖泡起日式抹茶——只是速食包的抹茶粉而已，雖然少了幾分味道，不過貴在它方便快速，沒有那麼多講究，還可以用冷開水沖泡後再加冰塊。

沖泡好第一杯的加冰抹茶，楊雪臻剛想將它端給白修宇，一隻狗爪從她的手上硬生生地將那杯抹茶搶走。

「修宇，拜託你不要裝神祕了啦，說一下嘛。」李政瑜一邊催促著，一邊低頭喝了口茶，滿意地點點頭，「嗯嗯，不錯，抹茶味道很濃，口齒留香啊，不過要是再加點牛奶就更好了。」

楊雪臻額冒青筋，嘴角抽搐地笑著，醞釀暴風雨前的寧靜。

「這是我照修宇的口味調的，所以當然不會放牛奶。李同學，你不覺得你拿得太順手了嗎？」

「因為我口渴了。放心吧，楊同學，雖然沒有放牛奶，可是我不會和妳計較這麼一點小事的。」

「李、政、瑜——！」滅絕師太掏出了她的倚天劍！

「雪臻，我有點渴了，可以請妳泡一杯給我嗎？」

白修宇再一次成功制止了名為楊雪臻的火山爆發災害。

儘管心裡清楚白修宇是在維護李政瑜，楊雪臻還是無法違逆白修宇的請求，只能狠狠地瞪了李政瑜一眼，權當洩憤，而李政瑜則朝楊雪臻晃了晃他手裡的杯子，咕通一聲，一口喝光。

「楊同學，麻煩順便續杯！」小人得意笑啊笑。

——我忍！楊雪臻咬牙切齒，萬分屈辱地為她的敵人泡茶……

「黑帝斯，解除『同步』。」

隨著白修宇的語落，黑帝斯的身影出現在眾人的面前。

「主人，請問有什麼需要我為您效勞的地方？」黑帝斯頷首彎腰，一副低眉順眼的樣子，可他的嘴角，卻是帶著似笑非笑的弧度。

白修宇神色淡漠地望著庭中的寒櫻，「我需要你現在走出大門，走得遠遠的，不准聽到我們的談話。」

黑帝斯的聽力好到在戰鬥時還可以聽到泉野隆一的話，所以在不知道黑帝斯的聽力究竟好到什麼程度的情況下，白修宇只能將他趕走，還特別註明他不能聽到他們之間的談話。

黑帝斯眼中閃過一絲冷光，嘴角的笑意卻是加深，「主人，很遺憾，我拒絕。」

連阿波羅那具看似任性妄為的機械人形，都乖乖遵守泉野隆一所下達的命令，黑帝斯不僅沒有其他機械人形的乖順，而且好像還以反抗白修宇的命令為樂的樣子。

回想著之前光的溜狗買東西帶小孩，李政瑜再看看眼前的黑帝斯……這對比整一個明顯到令人想撫額嘆氣啊！

白修宇的視線猛地一轉瞪向了黑帝斯，雙眼危險地微微瞇起，「那我這樣說好了，這是命令！」

「主人，我認為您和助手接下來的談話可能影響到戰鬥，因此我拒絕接受您的命令。」

白修宇握著茶杯的右手用力一緊，喀啦一聲，茶杯上出現蜿蜒的裂痕。見狀，楊雪臻連忙換過白修宇的杯子。

白修宇吸了口氣，「光和拉奇這一組，我不打算出手了。」

他的這番話造成了不小的騷動。好不容易發現另一組人馬，白修宇居然不出手？

李政瑜抓了抓頭，一臉困惑地說道：「修宇，你的決定我從來都是投贊成票，可是我能問問你，那個光究竟跟你談了什麼嗎？」

「政瑜，我不是個什麼善良的人，不過是一隻狗而已，殺了也沒什麼大不了。」

「嗯嗯，要說不善良，你也應該把我也算進去……」說著，李政瑜煩躁地抓了抓頭髮，「啊，這不是重點啦！重點是你為什麼決定不出手了？」

白修宇眼光低垂，在溫暖的陽光下，看得見他纖長的睫毛輕輕地顫動了起來。

「政瑜，以前我有你、大姊和隆一，你們幫了我很多忙……那幾年如果沒有你們，我可能早就瘋了。」

聽白修宇談起過往，李政瑜原來輕佻的臉色霎時一變，嚴肅地令人側目。

「我有你們……所以儘管我曾經想死，終究還是活了下來。要是我死了，就對不起你們的付出。」

白修宇揚了揚嘴角，露出一抹淡淡的笑容，有種悲哀的味道。

「那個孩子，京賀康則，和我那時候差不多年紀吧。政瑜，那孩子讓我想起了以前的自己，他和我一樣，擁有得很少……我告訴我自己，我不應該想那麼多，可是我還是會忍不住想像……想像那孩子如果沒有了拉奇和光，他會變成怎麼樣？就好像小時候的我如果失去了你們，我現在還會站在這裡嗎？」

擁有不多的人更加得懂珍惜的可貴，也更加明白奪走另一個人所擁有的，是多麼殘酷的事情。

李政瑜的視線像被磁石吸引住一樣，動彈不得，白修宇隱隱流露出的感情宛如一股強烈的引力，將他整個人捲入。

許久，李政瑜全身重重一震，隨即一把抱住了白修宇，頭抵在白修宇的肩膀處。

「修宇，不要說了……我知道你的意思……那個孩子不是你，沒有人在那種年紀還像你那樣堅強……可是如果、如果你覺得那個孩子就像以前的你，你希望他能過得更好一點……」

一旁，楊雪臻默默地凝視著他們兩人，垂下的眼簾不著痕跡地遮擋眼中的黯然。

黑帝斯忽然拍起了手，含笑道：「主人，雖然您想放棄這場戰鬥的藉口相當蒼白無力，不過您和助手先生間的情誼真是令人感動，我真不該解除『同步』，失去了這麼一個記錄您情緒變化的好機會。」雖然他對於白修宇過往的回憶一點興趣也沒有。

李政瑜抹抹眼睛收拾情緒，像隻護雛的母鳥擋在白修宇的面前，惡狠狠地瞪著黑帝斯。

黑帝斯低低笑了起來，「助手先生，你的反應真是令我傷心，簡直把我當成了十惡不赦的壞人了。」

十惡不赦的壞人都比你好多了！李政瑜暗暗咒罵。

視線越過李政瑜的肩膀，白修宇神色淡漠地說道：「黑帝斯，對於我的決定你有什麼異議嗎？」

「主人，在回答您的問題之前，我我很想先請教您另一個問題——您認為您這位助手先生能夠承受我的力量嗎？」黑帝斯笑著，手中藍光一閃，一團電流飄浮在半空，滋滋作響。

李政瑜的眉一皺，腳步卻是一步也沒有移動，堅定地站在白修宇的身前。

「你在威脅我？」白修宇沉下了臉。

黑帝斯目光陰鷙地笑道：「主人，我之前就已經告訴過您，不要試圖探知我的底線，如果您堅持這個決定，我想我也只能換個主人了……主人，您覺得那位李靖芸小姐如何？」

「黑帝斯！」

氣勢彷彿可以撼動空氣般，李政瑜憤怒地怒吼著，下一瞬間，他抬腳便是一個箭步衝向黑帝斯，這時，沒想到楊雪臻卻硬是擋到了他的面前。

對於他的魯莽，楊雪臻一臉不贊同地說道：「李政瑜，你還想再吐一次血嗎？冷靜點！」上次被傷成那樣，難道這隻笨狗還學不乖嗎？

李政瑜指著黑帝斯，咬牙切齒地吼道：「冷靜？妳要我怎麼冷靜？他居然拿我大姊威脅修宇！黑帝斯，你這傢伙不只沒血沒淚，還是個卑鄙無恥的奸詐小人！」

黑帝斯非常善良地更正李政瑜的錯誤知識，臉上的和藹笑容形如虛設，在此刻顯得無比諷刺，「助手先生，我會流血也有淚水，雖然都只是人工模擬出來的仿製物，或者你要稱呼贋品我也可以接受。另外，比起卑鄙無恥，我比較希望你能以『將現有的籌碼做更合理的運用』來形容。」

「去你他媽的運用！」李政瑜終於忍不住爆粗口，用力朝黑帝斯比了一記中指。

黑帝斯火上加油地輕輕笑了幾聲，欣賞完李政瑜黑到不能再黑的臉色後，他的視線才慢悠悠地一轉，對上了白修宇的雙眼。

「主人，您的反應真冷淡，我還以為您會像助手先生一樣激動呢。」

白修宇面色冷峻地說道：「你應該很清楚，大姊比起我，遠遠不如你的期望，不然以你的性格，早就殺了我另外投奔明主了。你要再找一個像我這樣符合你要求的主人，我想困難度不小。」

也就是因為如此，所以之前黑帝斯才會答應放過泉野隆一。

白修宇自嘲似地揚了揚嘴角，看來他自己也有幾分值得驕傲自大的本錢啊。

「黑帝斯，你沒有必要因為光他們而跟我翻臉，我想除了他們以外，還有不少的主人等著我們挑戰。」

黑帝斯挑了挑眉，這個人類果然聰明，聰明得令他厭惡。

明明是個殘酷的人，有個時候卻又莫名其妙地善良起來，而且總是將善良用在他非常不樂見的地方……

黑帝斯冷冷一笑。

人類，是種重視感情的愚蠢生物，而感情這種東西，卻是能夠被「衡量」、「比較」，這就注定了人類無法公平對待每一份感情。

既然那個人類小孩讓白修宇想起了以前的自己，因此無法下手，那只要找一個讓白修宇更為之重視的人——

「主人，您是真心想為您的朋友復仇嗎？」

白修宇的臉色一白，黑帝斯卻是一臉愉悅地笑了起來。

「雖然還不曉得殺了您朋友的主人是誰，可是顯而易見的，對方在蒐集機械晶片累積實力……主人，您認為在您只掌握一片機械晶片的情況下，對上那位主人有多少的勝算？」

「還是說，反正您的報仇並不是打算不計一切，實力這種東西慢慢累積就可以了，遇到了會讓您同情的主人也可以放過，反正您的朋友都已經死了，不需要急著為他報仇？」

黑帝斯越說，白修宇的臉色越白，幾乎快沒了血色。

「黑帝斯，你還敢說？要不是你……要不是你故意瞞著我們，隆一怎麼會死！」

李政瑜恨恨地說，聲音如從齒縫間迸出來般地陰沉無比。

「助手先生，這件事之前不是已經有談過了嗎？不是我故意要瞞你們，我很盡責地問過了主人呢。」黑帝斯搖頭嘆息了一聲，一副悲天憫人地說道：「不過算了，助手先生，如果怪罪別人可以讓你的罪惡感減輕，那麼我願意擔起這個罪名。」

「你——」李政瑜的嘴唇都氣得哆嗦。

就算又會被打得吐血，他也一定要狠狠揍這個混蛋一拳！

就在李政瑜決定三七不管二十一，先揍再說的時候，只見擋在他面前的楊雪臻身影一閃，纖細的身體竟是一個躍起的半空旋身迴旋踢，準確地踢中黑帝斯的脖子！

換成別人被這記強力迴旋踢給踢中，脖子可能早就斷了，可是黑帝斯的脖子不僅沒斷，連一點點的彎曲都沒有。

儘管知道自己的攻擊對黑帝斯絲毫不起作用，但心中的憤怒卻讓楊雪臻無法壓抑自己的衝動！

「李政瑜！」

楊雪臻一聲大喊，腳下發力點向黑帝斯的肩頭，整個身體輕盈地在空中成圓翻了一圈後空翻。另一頭，在聽到楊雪臻的叫喚，李政瑜當下立刻反應，雙手抬起，手掌重疊向外。

幾乎是在李政瑜這一連串動作完成的同時，楊雪臻的右腳便不偏不倚地落在他的掌心。

「去！」

李政瑜手臂用力一震，將楊雪臻如砲彈似地高高丟了出去！

在這種劃破風聲的高速下，楊雪臻飛快地點下「快取」，只見她的十指間閃過寒光，從上而下，數十支飛刀從黑帝斯的頭頂鋪天蓋地的射出！

黑帝斯一雙深邃的眼眸眯起，冷笑一聲，剎那間上方的空氣中滋滋作響，冒出數十道箭狀電流正中每一把直撲他而來的飛刀——下一瞬，那數十把飛刀落到地面，可以清楚地看見刀身呈現一片焦黑，冒出陣陣的白煙。

對於這個結果，楊雪臻絲毫不感到意外，而且就算那數十把飛刀擊中黑帝斯，頂多也只能傷害他的人造肌膚而已。

黑帝斯隨手撿起一把焦黑的飛刀，輕輕一折，飛刀霎時鏗然斷成兩半。

「呵呵……助手小姐，妳明明知道這些東西對我完全沒有作用，妳卻還是使了出來……難道妳也被助手先生的魯莽和衝動給感染了嗎？」

楊雪臻無言以對，她確實是衝動了，卻一點也沒有感到後悔，即使下一刻她將會死去。忍字頭上一把刀，就像李政瑜說的，適時的發洩才是有益身心健康的活動。

「黑帝斯，你有辦法知道目前還剩下多少沒有晉級的機械人形嗎？」

沉寂了許久，臉色有些難看的白修宇終於再度開口，一部分雖是他的疑問，另一部分也是讓黑帝斯轉移注意力。

他的這位主人還真是隨時隨地都善盡滅火隊員的責任啊。黑帝斯朝李、楊兩人拋出一抹輕蔑的微笑後，視線這才移到白修宇蒼白的臉上。

「主人，我希望我可以，但是很遺憾沒有辦法。」黑帝斯一點也不誠懇地笑著道歉，轉瞬，他的臉色忽然一頓，沉吟道：「不過從今天那具機械人形的事情裡，我越

來越無法理解君王的想法了。」

「你發現到了什麼？」白修宇問著，順便不著痕跡地丟了一記眼神給李、楊兩人，讓他們趕緊退回來。

「主人，規則並沒有限定必須在何時完成第一階段，君王將時間交給機械人形自行決定，這一點您還記得吧？光，那具機械人形就是抓住了這一點。光似乎已經忘記了他身為機械人形的任務，如果一直沒有被其他組別發現，我相信光會這樣陪伴著他的狗主人，繼續守護那個人類孩子。」

黑帝斯眼神帶著欣賞和矛盾的蔑視，「光很聰明，可惜他太不思進取了，保護那個人類根本一點意義都沒有。」

白修宇搖了搖頭，說道：「黑帝斯，很多事情即使沒有意義，也會有人願意義無反顧地去做。光，他非常非常的像人……我指的不是外表還是血肉，那些對你們機械人形而言都是假的。」

「主人，您想說的是光想守護那個人類孩子的心情是真實的嗎？」黑帝斯嘲諷似地冷笑了一聲，「那是假的，根本不是什麼『真實的心情』，那些都只是性格模擬程式讓光有了那種心情。」

白修宇冷冷地望著黑帝斯，語氣毫無起伏，「黑帝斯，你知道嗎？否認了光，也就等於否認了你自己。」

「——你說什麼？」

黑帝斯的身影一動，剎那間出現在白修宇的面前，一臉狠戾地揪緊他的脖子！

「修宇！」

「放開他！」

李政瑜和楊雪臻既怒又怕，擔心黑帝斯手下一個用力，白修宇那脆弱的脖子就會被生生扭斷。

白修宇卻是不慌不亂，冷冷地笑了起來，「我有說錯嗎？黑帝斯，站在這裡的『你』，也是性格程式塑造出來的——想要比人類更強，證明自己是比人類更完美的存在……這些的『你』，都不是真實的吧。」

黑帝斯血紅著眼收緊了手，彷彿可以聽見喀啦喀啦的骨頭聲響。

無法呼吸，窒息的痛苦讓白修宇痛苦地漲紅了臉，但他嘴角的弧度卻依然沒有改變，眼中帶著幾分嘲笑幾分憐憫的複雜情緒。

「你為什麼生氣？因為……我說對了？」

「白修宇，你不要以為我真的不敢殺你！」黑帝斯怒到極點，連敬語都忘了用。

白修宇無所謂地一笑，清冷的聲音艱難地吐出著字句：「黑帝斯，你很高傲，很有自信……可是同時你又非常矛盾的自卑……你的高傲、自信是你的性格程式賦予你的，而你的自卑呢？那也是性格程式賦予你的嗎？」

「住口！」

殺了這個人類！這個膽敢揣測他內心的人類——太危險了！黑帝斯如此想著，他也可以確定自己這個想法是正確的，現在，只要他的指間稍微用力，這個脆弱渺小的人類就會死去……

但，黑帝斯卻無法用力，連黑帝斯自己都無法理解他為什麼下不了手。

——因為是好不容易才找到的主人。黑帝斯為他的無法下手找了可接受的理由。

黑帝斯右手緊緊抓著白修宇的氣管，半瞇著眼睛說道：「我親愛的主人，您不應該將您的聰明用在我的身上，畢竟我和您是屬於同一國的伙伴，不是嗎？」

眼見白修宇的臉色越來越難看，李政瑜心臟急得快要從胸膛裡迸出來似的，著急不已地想把黑帝斯的魔爪從白修宇的脖子上扯下來，「黑帝斯，你快給我放開修宇！他媽的你這個混帳王八蛋聽見了沒有？放開修宇！」

黑帝斯卻只是瞪視著始終沒有出聲求饒，只是靜靜地望著他的白修宇。

這也是理所當然，以白修宇看似平和，其實比誰都還要來得執拗的性格，寧可死了也不會屈服。

當時，應該找個膽小懦弱的主人才對，這樣才容易操控吧？可是如果真的找了那樣膽小懦弱的主人，只怕他會忍不住動手殺人了吧……

黑帝斯鬆開手，白修宇狼狽地跌在地上，李政瑜和楊雪臻連忙一左一右地將他扶起。

「主人，您想同情那個人類孩子我沒有意見，但是即使光和那隻狗不在了，以您的能力，也可以帶給那個人類孩子幸福的生活……而您的那位朋友，又有誰來同情他？他為您生、為您死……他和您之間的感情，抵不過您對那個人類孩子一時的同情嗎？」

白修宇猛自一怔，瞬間黯淡的眼光不知看向何處。

「對您來說，什麼是最重要的？我希望您慎重思考，不要因為一時的衝動，忘卻了您最該在乎的人。」

黑帝斯深深地望了白修宇一眼，指尖輕輕點向白修宇的額間，下一瞬，他的身影已經消失在眾人的眼前。

DEAD GAME 0209

第二場戰鬥壹

李政瑜咋了咋舌，一臉愕然道：「剛剛的……是那個驕傲自大、狂妄又總是不把人看在眼裡的黑帝斯沒錯吧？」

什麼時候那個目中無人的傢伙也有這麼溫情的一面了？尤其是最後望向修宇的那一眼，真是說多有情緒就多有情緒，超級感性啊……

楊雪臻順手給了李政瑜的腹部一記拐子，痛得他五官扭曲。摀著發疼的肚子，李政瑜揮舞著拳頭怒道：「猩猩女，妳幹嘛打我？妳信不信我——」

「安靜！」楊雪臻甚沒好氣地瞪了他一眼，指了指始終沒有抬頭的白修宇。

剎那間，李政瑜心中的怒火全消，他不知所措地抓著頭髮道：「修宇……對不起，我太吵了。」

白修宇無力地扯出微笑，「政瑜、雪臻，我想要思考一些事情……麻煩你們離開一下。」

他們兩人沒有異議地點了點頭。在離開前，李政瑜用手指順了順白修宇從前額垂落的髮絲，溫聲說道：「修宇，你想要怎麼做就只管怎麼做，我……還有楊雪臻這個猩猩女都會支持你的決定。」

雖然猩猩女這個綽號很難聽，不過看在李政瑜這次也把她算在內，楊雪臻勉強原諒了李政瑜。

白修宇抬頭看著李政瑜，那張向來帶著不羈的臉，不知何時竟是變得有些清瘦……他總是讓這個對他最關心的人勞心勞力……

「政瑜，抱歉，我一直都讓你擔心了。」他甚是愧疚地說。

李政瑜愣了一愣，隨即揮拳輕打了白修宇的肩膀一下，故作可愛地眨著眼睛，「說什麼啊？都老夫老妻了，還和我這麼客氣幹嘛？」

感覺腦後一陣冷冽的寒風襲來，李政瑜迅速一個偏頭，眉不挑眼不動地握住射來的飛刀刀柄，搖頭晃腦地朝楊雪臻調笑著：「飛刀，又見飛刀，要射飛刀也應該是由我來射才對，名著小李飛刀嘛！換成了楊同學妳，嘖嘖，那就變成不知道是哪個作家寫的小楊飛刀囉。」

「李政瑜，我殺了你！」

「來啊，猩猩女，來追我啊，喔呵呵呵……」

李政瑜一邊興高采烈地刺激著楊雪臻，一邊以小甜甜跑給安東尼哥哥追的夢幻姿勢往外頭跑了出去。

聽著越離越遠，猶如隔世般遙遠的打鬧笑聲，白修宇緩緩走到櫻花樹下，輕輕撫摸著樹幹。

「隆一……你聽得到嗎？我希望你聽得到……我希望也能聽到你呼喚我的聲音……讓我感覺我和你的距離其實並不遙遠……」

白修宇煢煢孑立……直到天際逐漸染黑，月亮掛上樹梢，他，仍是一動也不動，層層包裹在寂靜之中。

等待。

白修宇在等待，等待著有一個已經不會再出現的人呼喚他的名字。但，他知道，這是不可能的事情。

黑帝斯說的沒錯，他對那個孩子只是一時的同情，將那個孩子和以前年幼的自己重疊……但那個孩子不是他，那個孩子可以繼續去擁有更多可以珍惜的東西，而他卻沒辦法擁有了。

他需要力量為隆一復仇……他更需要力量保護政瑜和雪臻……

白修宇注視著自己的雙手——這雙手，可以握住的東西太少、太少……所以已經沒有資格繼續失去了，哪怕失去自己，也不能再失去這雙手所握住的一切。

攤開的手掌用力握起，抵住冰冷的額頭，只見白修宇的身體在悽楚的月光下，劇烈地顫抖著。

暈黃的月光，透過薄薄一層的窗簾投射了進來。

光走進放滿了時下孩童最喜愛的布偶、玩具的房間內，手腳輕柔地將康則踢到一邊的棉被蓋回那小小的身體上。

光的心中——至少光認為自己真的有「心」——充滿一種柔軟得令他想哭泣的感情。

這份感情是性格程式模擬出來的嗎？可是在遇見康則之前，光從來沒有產生過這種情緒，就連他的程式也無法解釋出一個理由。

光有過徬徨、有過茫然……最後，他欣於接受這讓他陌生的情感。

「蛋包飯……光哥哥……早餐……蛋包飯……」康則喃喃夢囈著。

光也露出了笑容，這一剎那，彷彿蓮花次第開落。他撫摸著康則柔軟的頭髮，柔聲道：「嗯，你喜歡的蛋包飯，會放很多你喜歡的番茄醬……只要是康則喜歡的，我都會為康則辦到。」

像是在夢中聽見了光的回答，康則翻了一個身，抱著棉被傻憨憨地微笑。

光的腳邊，拉奇在康則的臉頰蹭了一蹭，淡棕色的眸子充滿依依不捨的眷戀。

「主人……我們走吧。」

拉奇抬頭看了看光，緩緩地點下了頭，一步一步跟著光，走出了康則的房間，走出了這得來不易的家。

門外，三道人影靜靜佇立，晚風將他們三人宛如與夜色融成一體的風衣吹得高高揚起，發出沙沙、沙沙的聲響。

在光他們出現的同時，站在最前方的人率先將視線移轉到光的身上。

「我還以為得再多等一些時候。」白修宇淡淡地說，暈黃的月光托襯出一股若有似無的憂鬱。

光疏離地笑了笑，「客人都來了，我和主人當然得好好招待才行。」

白修宇環視了一下四周，說出早已決定的事情，「我想你和我一樣，都不想引人注目吧，所以我已經準備好了地方。那裡很隱密，不會有人發現。」

「請帶路。」光沒有反對，從第一眼見到白修宇，光就知道白修宇是個能將事情處理到最好的人。

光心裡很清楚，想永遠躲藏下去是非常不切實際的願望，光不害怕戰鬥，他和他的主人只害怕萬一他們輸了，毫無謀生能力的康則該怎麼辦？即使贏了第一場戰鬥，還有第二場等待著他們。晉級了之後依然必須繼續戰鬥……在往後的無數戰鬥中，他們能保護康則多久？

所以光很慶幸，慶幸最先找上他們的是白修宇，雙手染滿鮮血，內心深處卻仍然存在著一處柔軟的白修宇。

在一面懸掛著「私人地區」布條的鐵製圍籬後，是一片寬廣郊區，散布許多巨岩山塊。

白修宇看著眼前的一片空地，目光如水，神色懷念地說道：「這裡……是我一個朋友的地方。」

「是你的那位朋友？」光的句尾語氣微微上揚，疑問中帶有肯定，雖然沒有指明姓名。

「嗯。」

白修宇目光惆悵地點了點頭，視線轉向了光，一臉肅然，「我之前曾經想就當作沒有見過你們，可是我必須變強……因為我想要復仇的對象，不是現在的我可以匹敵的。」

即使復仇的道路，是一條鮮血與屍體交織的不歸路，白修宇也無法回頭，不願意回頭了。

光嘆息了一聲，輕輕撫摸著拉奇的頭，恍如出神似地說道：「我和我的主人都知道會有這麼一天，不是你，也會是其他人。」語至此，光輕輕地一笑，「而我很慶幸至少第一個找到我們的，是你。」

「你的主人沒有助手吧。」白修宇看了看拉奇，在這隻狗和光的世界裡，只有康則一個人，其他的什麼也沒有。

很可悲，卻又是非常幸福的一件事，因為他們找到了自己想要的唯一。

短短的一句話，光卻明白白修宇的意思，他們沒有助手，所以白修宇也不會讓他的助手插手這一戰。

想要狠心，終究拋不下心中的那處柔軟，真是個矛盾的人啊。光搖頭：「不，我的主人有助手，你不需要覺得不公平。」

白修宇驚訝地挑了挑眉，卻沒有問出口，既然光選擇拉奇為主人，那麼助手也是百分之九十以上屬於非典型範疇內的了。只是白修宇奇怪都到這個時候了，為什麼光和拉奇的助手還沒有出現？

白修宇用手勢暗示李、楊兩人小心行事之後，右手一振，掌心轉瞬冒出了閃著冰冷寒光的劍身。

光的指尖一點拉奇的額間，身影霎時消失。

一啟動「同步」，拉奇仰頭發出一聲嘶吼，高亢的音波化做強大的氣流，震破空氣，如漣漪似地成圓蕩漾散開，震得白修宇三人險險站不住腳，耳膜陣陣發痛。

「避開！」

縱然「同步」後加強了視覺能力，但白修宇此時也只能見到一道模糊的黑影以極快的速度朝他們三人而來。

白修宇只能看到黑影，李、楊兩人是根本連個影子都看不見，但基於對白修宇的信任，兩人毫不猶豫地腳底一點，縱離原本所在的位置。

幾乎就在三人跳開的同時，一聲轟隆作響，平整的地面被強大的衝擊力砸出數公尺深的窪口，沙礫泥土四處飛濺。

明明躲開了黑影攻擊的白修宇卻覺一痛，低頭看去，胸前竟然出現一條被利物劃開的痕跡，鮮血濡濕他的黑色上衣。

每一位主人都會有一把劍，拉奇自然也不例外，白修宇曾經思考過不是人的拉奇要怎麼「拿」起牠的那把劍，不過現在看來那時的他侷限在常規的框框裡，忘記拉奇並不屬於常規。

拉奇不是人，所以拉奇的劍宛如傳說中的獨角獸般，生在牠額頭正中央的部位。

白修宇胸前的這一劍劃得不淺，如果換成了一個沒有「同步」保護的普通人，身體早就分成了兩半。

眼見白修宇濺血，楊雪臻美眸乍凝，纖細的手腕一擰，從「快取」中取出了一把短弓，颯颯地一連射出三箭，自上而下排成一條直線直朝拉奇射去！

三枝箭，無一例外的全都瞄準了拉奇的眼睛，楊雪臻對自己的準度非常具有自信，可惜的是再好的準度，也比不上更快的速度。

噗滋幾聲，楊雪臻信心滿滿的三箭全數落空，落在空蕩蕩的地面，楊雪臻還來不及驚訝，原本距離她數公尺遠的李政瑜眨眼間便竄到她的身後，揚刀擋住了一道來自天空的疾影！

一擊未成，那道疾影鷹擊長空，似乎是在等待下一個更好的偷襲機會。

在李政瑜的護衛下僥倖躲過一劫的楊雪臻頭皮發麻，她剛剛根本沒有一點敵人靠近的感覺，只覺腦後一陣冷風……

「是黑鳶！」

李政瑜臉色凝重，雖然只是驚鴻一瞥，但還是可以從那獨特的魚尾狀尾羽，以及在夜色下幾乎難以分辨的暗棕色羽毛判斷出那隻猛禽的種類——那是一隻黑鳶的成鳥，展開的翅膀讓牠的體型大約達到五公尺左右，爪子非常強而有力，方才在他擋下黑鳶的尖銳爪子時，那爪子猛然一抓，差點搶走他握在手裡的匕首。

李政瑜哭笑不得地想著：「靠，見鬼了！光那傢伙是開了召喚獸模式嗎？主人是一隻狼狗，不知道是攻擊還是防禦的助手是一隻黑鳶，我已經懶得去好奇另一『隻』

助手是什麼了！」

他從「快取」中取出兩把銀色手槍和幾盒子彈扔給了楊雪臻，讓她收進「快取」裡，「我改造過了，彈匣可以裝十六顆子彈，射擊範圍和殺傷力都提高很多，要是拿著本大爺的精心傑作還解決不了那隻黑鳶，就拜託妳去買塊豆腐撞腐自殺算了。」

楊雪臻掂了掂握槍的手感，勉強還算稱手，「我還是比較習慣我自己那一把。」

用本大爺的精心傑作居然還有怨言？李政瑜很是不快地說道：「妳那把槍一把年紀了，射程又不夠，對上這隻黑鳶吃虧吃定了，等改天有空我再想辦法幫妳改改。」

「這隻黑鳶我來解決就行，修宇那邊你去盯著，小心另一個還沒有出現的助手。」楊雪臻眉不挑眼不動地說。

規則第四條：「攻擊」的助手專司攻擊，禁止做出任何為主人防禦的行動。同理，「防禦」的助手專司防禦，禁止做出任何為主人攻擊的行動

看似嚴苛的規定，其實其中又有著明顯的漏洞——那就是規則中都特別強調了「主人」，也就是助手間的戰鬥就不在規則的限定範圍之內，只是不知道光他們是否

也發現了這一點。

雖然不爽楊雪臻對他發號施令，不過李政瑜也明白先解決光的助手是當務之急。

不只是白修宇他們，其實連黑帝斯都很奇怪「助手」的設立。雖說助手分為「攻擊」和「防禦」，可是不管是哪一種都遠遠不是主人的對手，主人隨便一擋，就能把「攻擊」的助手擋下；主人隨便一腳，就能把「防禦」的助手踢到天涯海角……助手能做的，充其量就是給主人帶來些微的小小困擾。

不過就算是小小的困擾，也能對主人之間的戰況起到一定的作用，最好的例子就是白修宇的第一場戰鬥，楊雪臻的一枝箭成了扭轉勝敗的關鍵。

但是隨著主人勝利次數以及機械晶片的增加，這些小小困擾將會變得更加渺小。

助手的能力有很大的可能性是在第二階段之後的戰鬥開始獲得提升——這一點是白修宇的猜測。他認為第一階段的戰鬥只要主人將助手好好培養起來，應該在第二階段就能派上相當大的用場，而比起其他主人，白修宇顯然多了助手不需要培養的這一大優勢。

李政瑜恨恨地向楊雪臻比了一記中指，但他隨即又露出大大的笑臉。算猩猩女識相，還知道讓他去保護修宇。不過李政瑜的雀躍很快地在楊雪臻一個隱晦的手勢之下破滅。

——就知道這隻猩猩女沒那麼善良，原來是打算把我一個人當成兩個人用了。回了一記瞭解的無奈手勢給楊雪臻，李政瑜腳下一點，迅速地往白修宇的方向奔去，獨留楊雪臻站立原地。

楊雪臻收斂了呼吸的頻率，絲毫不敢大意地感受著周遭空氣的流動。雖然到現在另外一個助手都尚未出現，但她可不認為光只有黑鳶這麼一個助手。

一陣銳利的冷風由後方的上空襲來，楊雪臻美眸乍亮，迅速旋身的同時兩手扳機一扣，子彈劃破風聲呼嘯飛出！

黑鳶的反應極快，在半空中劃出一道漂亮的迴旋流線，兩顆子彈可惜地擦過牠的尾羽。

楊雪臻只覺得手腕陣陣發麻，這兩把改造過的手槍果然不同凡響，射程超出同級槍枝數倍，從子彈射出時的力道來看，殺傷力絕對不遜於穿甲彈，但相對的後座力也很強，要不是楊雪臻早有心理準備，早就連槍帶人地摔在了地上。

雙眼冷冷緊盯在天空盤旋的黑鳶，楊雪臻再次扣下扳機，處於防守姿態的牠清嘯一聲，搧動翅膀微微改變行進的方向，再次完美地躲避過無情的彈擊。

雖然是敵人，但楊雪臻也不由得感嘆黑鳶的靈敏，就在這個時候，楊雪臻一個警覺，矮身一滾，下一瞬，一面鐵網牢牢地釘入地面，並且快速地收縮起來。

看著那整個緊緊收縮到壓入地面的鐵網，楊雪臻額際不禁落下一滴冷汗，剛才要是晚個一秒鐘，她毫不懷疑她會活生生地被那面鐵網分割成慘不忍睹的肉塊！

楊雪臻還在疑惑那面鐵網是從哪裡來的時，只覺頭上忽有冷風，她立即移動身影。鏗然一聲，一把明顯用來發射某種物品的小型裝填槍被砸在了地上。

這隻黑鳶未免太聰明了！楊雪臻雖是臉色一變也不變，喘息倏而平穩，心中早已波濤驟起。

一隻會使用裝填槍的黑鳶，要不是親眼所見，她只會以為這是個無聊的笑話！

雖是驚訝不已，但楊雪臻轉瞬想起光的特殊技能是「心靈感應」，如此一來，黑鳶會使用裝填槍也就不是那麼難以置信的事情了。楊雪臻苦笑，原本以為自己的對手不過是一隻黑鳶，可是她錯了。

她的對手是黑鳶，以及——光！

DEAD GAME 02 10

第　二　場　戰　鬥　貳

李政瑜本來打算在白修宇附近找個地方隱藏起來，畢竟主人之間的戰鬥不是他可以隨便插手的，而且萬一不小心被光他們抓去當人質，那可是賠了夫人又折兵。

當李政瑜小心翼翼地摸到白修宇後方的不遠處，拉奇便發現了他，但也只是淡淡地瞥了他一眼後便將目光放回白修宇的身上。從拉奇的那一眼裡，李政瑜莫名其妙地有了一種即使拉奇身陷劣勢，牠也不會對他出手的感覺。

好一隻狗中君子啊……李政瑜忍不住地讚嘆。

對峙的一人一狗從剛才到現在都沒有任何的動作，直到一陣晚風拂來，沙塵滿天中他們同時一動，半空中只見銀光飛舞，雙劍碰撞，沿著劍刃迸開幾簇火花，星光飛濺四處，在短短的剎那間已是數招交錯，卻是誰也奈何不了誰的結果。

才落地，拉奇又是一個虎撲，利齒外露顯得凶狠異常。白修宇心知有「同步」的能力加強作用，拉奇的利齒絕對不可小覷，手腕一翻，便是揚劍直刺。

在半空中的拉奇頭顱敏捷的一個方向變換，用前齒咬住劍身連接劍柄的部位，緊接著牠脖子一扭，額間長劍無情地向白修宇橫掃而去！

面對冰冷殺機，白修宇一臉的不慌不忙，上身重心後移的同時竟是鬆開了緊緊握著劍柄的右手，隨即手腕幾乎彎曲成九十度，以手腕和肩膀的迴轉力擊向拉奇的側面！

儘管拉奇天生各項戰鬥能力遠超乎人類，不過在戰鬥經驗以及戰鬥中的臨機應變這兩方面，顯然白修宇更勝一籌。

沒想到白修宇居然會連掙扎也沒有地放開劍，猝不及防之下，拉奇被這一拳正中，猛然倒飛了數十公尺，連帶撞碎了不少巨石。

這時，白修宇背後一雙漆黑的翅膀張開竄上天空，他的兩手手掌一張，彷如實質的藍光成圓流動，皆是擴張至半徑半公尺之大。

白修宇眼瞳滿是凜冽，迸射凶厲的紅光，他揚手一揮，一顆又一顆的碩大電球直朝拉奇擊去！

重重摔在地上，拉奇才勉強站起，耳邊就響起光一句：「危險！」

幾乎就在拉奇拔腿奔跑的剎那，數顆電球落下，電流瞬間傳導開來，清晰可見在地面上下跳動的藍色電絲，「滋滋……」的細碎聲響不絕於耳。

在地面傳導開來的電絲給拉奇帶來了些微的麻煩，讓牠的四肢有點麻痺，但也不至於到無法控制的地步。

憑藉著野獸天生特有的直覺，以及光的幫助，拉奇身影靈巧地閃避白修宇每一次的攻擊。白修宇見狀，背後的雙翅先是一滯，旋即迅如閃電般地往拉奇俯衝而去。

「主人，注意左邊！」

一聽到光的提醒，拉奇就地一滾，四爪扣地，前身壓低，雙目虎視眈眈地瞪視搧動著翅膀懸停半空的敵人。

白修宇心中一動——果然，在光的「心靈感應」下，他的思考無處躲藏，每一次的攻擊都會讓光探知到，雖然光探知後還需要再提醒拉奇，但那也花費不了太多的時間，足夠拉奇做出及時的反應。

既然如此……

冷眼睥睨著拉奇，一雙彷彿可以遮蓋天空的巨大翅膀無聲無息地收回白修宇體內，接著，只見他的單手與肩平舉，空氣一陣波動，白修宇前方的景物突然開始扭曲，滋啊一聲，成千上百的針狀電流應聲出現，如蟻群蔓延一般，全數射向了拉奇！

儘管知道白修宇要做出以電流化箭作為攻擊的手段，但如此龐大的數量從四面八方直撲而來，拉奇也只能依靠肉眼以及聽覺，躲避這來勢洶洶的電流藍箭。

仗著與生俱來的天賦，拉奇雙目神光電閃，在鋪天蓋地的藍色電流中勉強閃躲，身形如潮湧的巨浪一般左右翻滾。但偶爾還是有一兩枝沒有注意到的電箭射中牠的身體，引起一陣劇痛，可是牠也只能忽視身體的疼痛，集中精神注意空氣中每一道氣流變化，否則一旦被十幾二十枝電箭同時射中，就算是有「同步」的保護也夠牠受罪的了。

白修宇表情淡漠，綿延如雨的電箭持續落個不停，發出雨打芭蕉葉似的聲音，以李政瑜的說法，就是仗著自己橫欺負別人。

雖然表面一副輕鬆寫意，但白修宇背後早已是汗濕一片，他畢竟不是體力無限的黑帝斯，一次操控這麼多的電流化箭，對他的精神來說是非常勞累的事情。

可是也就只有這種連自己都不知道攻擊會落到哪裡的方式，才能夠有效抑制住光的「心靈感應」，畢竟白修宇是個習慣思考，頭腦優先於四肢行動的人，他在做任何事情之前都會將所有的前因後果、利益虧損分得一清二楚，但他的這個良好習慣在此時此刻卻變成拖他後腿的弱點，因此他也只能硬著頭皮實施這個笨拙到了極點的攻擊。

「主人，您的技能屬於您身體的一部分，它無法對您造成任何一點傷害。」黑帝斯的聲音突然在白修宇的耳邊響起，讓他微微一愣，隨即反應過來。

右手一個反轉，先前掉落在數百公尺外的長劍倏地凌空飛起，回到白修宇的手中，握住劍柄的轉瞬，白修宇的身形巋然凝立，可是飄忽之間已經掠進了滿天的藍色光流。

一道又一道的藍色光箭打在白修宇的身上，竟是化成了迷霧一般地散開，宛如夜空的星光，消失於空氣之中。

因為先前黑帝斯的提醒，所以白修宇對此並不感到絲毫訝異，他挽起個斗大劍花，宛如一朵閃著銀白色的花朵勃然盛開，炫目得讓拉奇稍稍一愣。

就在這短短的一瞬間，白修宇劍走偏鋒，斜削向了拉奇！

拉奇一聲悲嚎，鮮血在泥土地上點點濺開，牠在光的警示下立刻閃避，但由於被電流箭射中時的鑽心劇痛讓牠的行動產生短暫的凝頓，銳利的長劍趁隙而入，毫不留情地劈中牠的右腳，雖然沒被完全砍斷，但能清楚看到藏在肉中，斷了一半的骨頭。

右腳重挫，拉奇不禁跌在地上，與此同時，成千上百的電流箭宛如迷途的孩子歸鄉，一個不落地全部打在拉奇的身上！

強烈的電流衝擊讓拉奇的身體激烈地抽搐了起來，但牠仍然強撐著身體，用三隻腳顫顫巍巍地站起，一雙褐色的大眼一瞬也不移地看著白修宇。

拉奇的眼神如火焰燃燒，像在告訴他，牠還沒有死，還沒有敗。

白修宇反手一揮，劍尖指地，淒豔的月色在劍刃倒映出一片寒冽流光。他本身雖是沒有進一步的動作，但滿天不絕的電流箭依舊沒有片刻止息，摧殘著拉奇受創的身軀。

張開口，白修宇冷凝著眼說道：「世界上沒有絕對的公平，只有絕對的不公平。光，你選擇了一個很好的主人，要是在遇到你們之前，我沒有取得一場勝利，今天的局勢或許就逆轉過來了吧。」

「呵……你以為你贏了嗎？」

驀地，白修宇在腦中「聽」見了光的聲音，相當冷漠，非常平靜……不對勁！就在他驚疑不定時，遠處，竟是傳來了楊雪臻淒厲地呼喚李政瑜的叫聲！

時間，拉回白修宇與拉奇的激戰之初，李政瑜保持安全距離，小心翼翼地躲在了一旁，看似專注地觀察戰況，其實一心二用，眼角餘光注意著四周，兩隻耳朵也不放過周遭一點聲響。

果不其然，隱隱之中他聽見某種物體快速滑動時摩擦地面的聲音。李政瑜不自覺地皺起了眉頭——在地上滑來滑去的東西，是蛇嗎？可是怎麼感覺又好像有哪裡不太對勁……

李政瑜瞇起眼，繃緊神經絲毫不敢大意。

原本依稀可以聽見在他周遭竄動的細碎聲響居然再也沒有出現，李政瑜沒有鬆一口氣，反倒更是緊張了起來。

另一頭，楊雪臻是好氣又好笑，不知道是光故意找她麻煩，還是黑鳶天生聰慧，竟不再與她做正面交鋒，只是不斷從上空砸下一堆有的沒的東西……楊雪臻暗暗苦笑，第一次怨起助手使用的手環容量怎麼那麼大……

碰的一聲巨響，楊雪臻眼角抽搐地看著那個被砸爛到幾乎看不出原來模樣的洗衣機。

在天空盤旋的黑鳶發出長嘯，響徹雲霄，竟驀地再度向她俯衝而來！楊雪臻美目冷凝，一邊急速跑動，一邊扣下扳機，數顆子彈呼嘯飛向黑鳶！

就在這時，楊雪臻聽見一聲驚呼——

「猩猩女！」

聽見李政瑜緊張的呼喊聲，楊雪臻才要轉頭往他的方向看去，下一秒，身體便被一股力量重重撲倒！

煙草味湧入楊雪臻的鼻間，她不禁一愣，電光石火間，那道向她飛撲的人影被另一道長長的黑影狠狠撞開！

轟然一聲，李政瑜被撞進山壁之內，整個身體受到劇烈的擠壓，好像被一輛數噸重的卡車直接撞擊到一樣，不斷地從口中噴出鮮血。

「李政瑜！」

楊雪臻秀美的臉蛋一片煞白，那將李政瑜整個人撞入山壁的生物居然是一條足足有十幾公尺長的蟒蛇！最令人詫異的是那條蟒蛇全身上下看不見一張鱗片，竟布滿了厚重的鐵甲！

蟒蛇不只巨大，速度也非常快，方才在撞飛李政瑜瞬間帶起的狂風撲在楊雪臻的臉上，竟是刀割過般的疼痛！

楊雪臻想去查探李政瑜的情況，但是才往前跨沒幾步，黑鳶便陰魂不散地攻擊過來。

「滾開！」

楊雪臻怒紅了眼，槍彈接連射出，可是狡猾的黑鳶似乎故意在阻擋，就是不和她做正面交鋒，不是一遇到回擊就飛回天空，就是扔下一堆有的沒的「暗器」，讓她難跨雷池一步。

那條巨蟒始終沒有動作，可在巨蟒將李政瑜撞進山壁時激起的煙塵沙石足有數尺之高，如此強烈的撞擊下，叫楊雪臻怎麼能夠不擔憂李政瑜？

李政瑜這個混帳不是一向和她過不去嗎？幹嘛還要救她？他不是一向都唸著只要顧好他的寶貝修宇就好了嗎？楊雪臻淚水在眼眶中閃爍盤旋，雙手死死攢緊了手中的槍枝——

李政瑜，你要是因為這樣就死了，我絕對不會感謝你，更不會為你的死內疚，讓你就算死了也被我氣得跳腳！所以你不准死……絕對不准死！

肋骨斷了，而且可能一斷就斷了三根，但是不幸中的大幸，斷掉的那三根都沒有傷害到他的心肺。李政瑜非常佩服自己在這種狀況下，竟然還能這麼冷靜地判斷自己的傷勢，自己真是個強人。

李政瑜的全身幾乎都滲出了鮮血，就連眼睛都被血刺激得張不開，他反手就是俐落的一刀，企圖刺入巨蟒的頭部。這簡單的動作卻牽動了他全身的傷勢，霎時痛得他額頭沁出不少冷汗。

自信滿滿的一刀，卻聽見金屬互相撞擊的聲音，李政瑜心下訝異，連忙用手背將眼睛附近的血液抹開，一看清眼前的景象，不由得冷冷倒抽一口氣——渾身布滿鐵片的巨蟒，正用著令人顫慄的目光冷冷地瞪著他看！

糟了！幾乎在李政瑜生出這個想法的同時，巨蟒就頂著他的身體，繼續用力往前一推！

再次受到擠壓，李政瑜的嘴角不斷溢出鮮血，一口氣都喘不過來。儘管全身劇痛不已，但他必須趕快脫離這個窘境，牙一咬，伸長手腕往巨蟒的碗大右眼用力一刺！

鮮血夾雜著某種白濁的黏液滿天灑落，巨蟒發出慘烈的嚎叫，龐大的身體猛然往後一縮，李政瑜的身體頓時從山壁上滑落了下來。

李政瑜一得到喘息的空間，不逃反攻，他無視身體的無聲哀嚎，踏上山壁借力高高跳起，想趁機將巨蟒的另一隻眼睛刺瞎，再慢慢解決巨蟒一身的鐵甲，卻沒想到巨蟒這種凶猛的蛇類被刺瞎右眼後，血腥的氣息反倒更是激發了牠的狂性與殺虐。

巨蟒發出憤怒無比的尖嘯，強而有力的尾巴一甩，將騰空的李政瑜整個人抽飛了出去！

連番的重創，讓已經吃了一把泥土的李政瑜痛到分不清到底是身體的哪個地方在痛了，膝蓋再也使不上力氣站起，他只覺得眼冒金星、頭重腳輕，還有陣陣不知名的腥臭氣息撲鼻而來。

李政瑜努力地移動視線，往腥臭的來源望去，慘白的銳利尖牙，還有彷彿深不見底的紅色洞窟——竟是那條巨蟒張開牠的血盆大口，打算直接生吞了他！

別說逃了，連動一下手指都很困難的李政瑜看著那距離他越來越近的蛇口，心裡惡狠狠地詛咒著：吃吧吃吧，吃了不只要你消化不良，還要你拉屎拉不出來順便得痔瘡！

就在巨蟒距離李政瑜不到一公尺的時候，硬生生地在半空中停住！

怎麼回事？李政瑜忍著痛楚拉長脖子，拼命往巨蟒的身後看去，竟是看見了先前正和拉奇激戰的白修宇！

「修宇……」

李政瑜淚滿盈眶，發出孱弱的呼喚，他原以為即使他幫助不了白修宇，至少也不會拖白修宇的後腿……

白修宇自然不曉得李政瑜心中的懊惱和憤恨，他經過「同步」強化過的視覺和聽覺，只看得到李政瑜眼中的淚水，只聽得到李政瑜虛弱的聲音。

和李政瑜如友如親的這些年，他還是第一次見到李政瑜這麼「委屈」的模樣，頓時一股猶如直上九霄的騰騰怒火充滿他的心中！

怒上心頭，白修宇握住蛇尾的雙腕上一個使勁，將整條巨蟒懸空抓起，驟然甩向一旁的山壁，激起的沙塵猶如驚濤駭浪！

被白修宇如此猛力一甩，饒是披了一身鐵甲的巨蟒，頭顱也被生生砸破，濁黃色的腦漿混合著血液流滿了一地。

「主人，後面！」

黑帝斯的提醒當然是針對負傷的拉奇，為了援救李政瑜，他這位聰明一世糊塗一時的主人竟然毫不猶豫的放棄即將手到擒來的勝利！

感受到後方迅速接近的利風，白修宇極快地轉身回防，卻也心知來不及了，只求將受創減至最低。

就在一道黑光猛地撲向白修宇之時，黑影一滯，那停滯只是眨眼即逝，卻已足夠他置之死地而後生。

DEAD GAME 02 11

即　使　離　去

拉奇的攻勢之所以會出現瞬間的停滯，還是因為楊雪臻。

在看到白修宇為了援救李政瑜，全然不顧背後的空門大開，她就知道拉奇一定會趁這個機會做出反擊。

楊雪臻長長的睫毛一陣顫抖，便看到了右腳重挫，但速度卻仍舊驚人的黑影飛掠過她的身邊，當下立刻做出反應，從「快取」中取出長鞭一揮，準確纏住那道黑影的後腿！

楊雪臻將鞭首在雙手上死死纏繞了好幾圈，企圖為白修宇爭取更多的時間，可是無奈人力有窮，儘管楊雪臻的身體素質遠超乎平常人，但「同步」強化過的主人力量又哪裡是她所可以抵擋？

不超過短短的一秒鐘，楊雪臻的努力便化作雲煙，她只感一股大力將她的身體猛然扯飛，脫離了長鞭的雙掌擦出點點的血滴，身體左側重重撞上地面，臉色一白，肺部的空氣彷彿被全部頂了出來！

楊雪臻只拖延了拉奇不過眨眼的時間，但她深知這對主人之間的戰鬥來說，絕對起了相當大的作用。

夜空上，凶狠的黑鳶正虎視眈眈。

光自從和白修宇陷入激鬥之後，也沒有多餘的心力指揮黑鳶了，因此黑鳶只能憑藉著自己的判斷來行事了。

黑鳶見地上的這個人類想必受傷不會太輕，和一個人類糾纏了這麼久的時間，黑鳶的耐性已經到達臨界點了，當下便迅如疾電地呼嘯而下，以牠的利爪要直接掏出這個人類的心臟也是爪到擒來的事情。

一聽到由高處傳來的破空聲，楊雪臻顧不得疼痛的傷處，飛快絕倫地打了個翻滾，險險躲避過黑鳶的攻擊。

眼見黑鳶在快速的移動中頓了一頓，卻仍然收不住去勢，距離地面只有不到一尺之遙，楊雪臻升起了一股直覺——就是現在！

堅信自己的判斷沒錯，楊雪臻心隨意動，立刻一記彈腿跳躍起來，餓虎撲羊般地撲到黑鳶身上！

突如其來的重量讓黑鳶驚慌地嘶叫了起來，兩隻碩大的翅膀撲撲地揮動，左右搖擺個不停，想將楊雪臻從牠的身上甩開。

黑鳶掙扎得再厲害，楊雪臻的手腳還是死死攀抓在黑鳶的身上，瞪視黑鳶的眼中滿是無限的怨毒。

要不是這隻黑鳶故意引開她的注意力，李政瑜也不會為了掩護她而受到那麼重的傷勢；要不是這隻黑鳶屢屢阻擋她，白修宇又何必冒著背後空門大開的危險趕來援救李政瑜？

不過楊雪臻最恨的，還是她自己！

如果她可以再強一點、反應再快一點，說不定這些後悔就不會發生了！

尋覓到一絲機會，楊雪臻毫不猶豫扣下了扳機，伴隨著一聲悲鳴以及血花的飛濺，黑鳶原本極富生命力的眼眸漸漸黯淡。楊雪臻也沒有心情再多看牠一眼，匆匆趕向昏迷的李政瑜身邊。

「李政瑜、李政瑜，你醒醒！」

見李政瑜雙眼緊閉，楊雪臻心中又是著急難耐又是自我厭惡時，耳邊忽然聽見了虛弱的聲音。

「不要管我，就讓我這樣死了算了……想我這麼一個人見人愛花見花開……給點陽光就燦爛的超級美少年竟然……竟然會衝動到去救一隻猩猩女，我的一世英名啊……」

李政瑜的臉色明明蒼白得跟死人有的比了，可他硬是要從喉嚨裡擠出這幾段有氣無力的抱怨，聽得楊雪臻好笑。

李政瑜撇撇嘴，很是無奈地嘆息了一聲，「唉，算了，就勉強湊合一下吧……猩猩女，我要躺大腿，頭這樣躺在地上很磕，一點也不舒服……」

對不起，不好意思讓你勉強了啊！楊雪臻翻了個白眼，不過還是坐了下來，小心翼翼地移動他的頭顱。

「會痛嗎？」

李政瑜笑出了聲，卻不小心嗆到，咳出好幾口鮮血，「楊同學，妳嘛拜託一下……看到沒有？咳出來的都是血……我全身上下也都是血，被那條蛇K得那麼重……要是被這樣撞啊、拍啊的妳不會痛，我頭就給妳……」

「是是是，是我不該問這種笨問題。」楊雪臻搖頭一笑，不想和重傷病患糾纏這種小事情。

「哈，楊同學，真是難得妳承認自己笨……」李政瑜晉升樂極生悲的模範代表，剛笑沒幾聲又咳了口血出來。

楊雪臻皺了皺眉頭，憂心忡忡，「不要再說話了。」

「嗯……我先瞇一下，妳幫我注意修宇那邊……有精彩的記得之後要跟我說……」他說著說著闔起了雙眼，呼吸很快地趨於平緩。

「好好休息吧。」

凝視著李政瑜平靜的睡臉，楊雪臻輕輕擦拭他臉上的血跡，嘴角不自覺地牽起一抹柔和的微笑。

——閃爍著冷冽寒光的利刃，俐落地穿過拉奇柔韌但有力的身體。

利用楊雪臻為他爭取到的那眨眼不到的時間，白修宇左腳踏前一步，在側身躲過刁鑽凌厲的進擊同時，手中長劍上下紛飛，滿天寒光，在這讓人眼花撩亂的劍影之中卻是簡簡單單的一劍，有如縮地成寸的長劍帶著凜冽的氣息，貫穿了對手的頸部。

鮮血沿著劍身滴落，白修宇的面容冷酷，但眼中瀰漫著不知是悵然抑或冷然的情緒。

手中長劍抽出，拉奇的身體無力倒落塵埃，一陣黑光波動，是光解除「同步」穩穩地抱住了牠。

「果然還是你們贏了。」光望著白修宇，笑中帶著悲涼和蕭瑟。

黑帝斯也隨之解除「同步」，以勝者高高在上的姿態，施捨敗者憐憫一笑。

「選擇吧，『回歸』或者『殉葬』？」

「黑帝斯，等等。」

黑帝斯的眼中閃過一絲冷厲，這些日子以來，他已經受夠了白修宇的各種理由了。可是即使再不耐煩，他目前確實找不到比白修宇更好的主人，因此心不甘情不願地躬身一禮，主動讓開道路。

白修宇先是沉默了好一會，微微張了張口，說道：「那個孩子……康則，我沒有辦法親自照顧他，可是就算我死了，我也會安排好他的生活，直到他死亡的一秒鐘前，我都不會讓他有金錢上的顧慮。」

光凝視著白修宇好一段時間，低垂了眼，吐出幾不可聞的一聲嘆息，「之前我說我和我的主人除了你們以外，再也沒有見過其他的主人，其實這並不是真話……在遇到你的半個月前，我見過另外兩名主人。」

白修宇心中一震，眼瞳驀然睜大：「那兩名主人……」

他嘶啞著嗓音，卻是再也說不出口，他突然害怕了，害怕一旦有所期待，等待他的卻是無盡的絕望。

光點了點頭，「沒錯，其中一名主人的名字就叫做泉野隆一。」

「為什麼之前你要瞞著我!?」

光的表情不變，一臉漠然地說道：「我也很猶豫要不要告訴你，你的那位朋友付出了他的生命，也不願意讓那個主人找上你……」

黑帝斯打斷光的話，冷笑道：「可悲而可笑的失敗者，你知道什麼叫做拙劣的謊言嗎？」

「黑帝斯，閉嘴！讓他說下去！」白修宇臉色蒼白地瞪著黑帝斯，不知是憤怒還是什麼其他的因素，他的身體顫顫發抖著。

黑帝斯狠戾的收緊眼角肌肉，冷冷瞪了光一眼，警告他不要打什麼歪主意。

對於黑帝斯無力的威脅，光似乎連理都不想理，視線始終只望著白修宇一人。

「那一夜，我也是因緣際會發現到他們的一戰。之前我不想告訴你，是因為那個殺了你朋友的主人，不是目前的你可以對付的，就算你從我這裡獲得第二場勝利也是一樣。」

「接下來我所說的一切，相不相信都由你自己決定。那個主人很強，強到令人不可思議的地步。就我的觀察，你的那個朋友至少獲得了一場勝利，並且擁有三種以上的特殊技能，依然遠遠不是那個主人的對手。」

光的聲調很平靜，毫無平仄起伏，也沒有什麼特別的渲染力，宛如正在談論著今天的天氣一樣。或許因為事不關己，所以他才能如此平靜，然而聽在局中者耳裡，卻是掀起一陣失控的漣漪。

白修宇幾乎難以喘息——獲得一場勝利，擁有三種特殊技能……從這兩點無不證明了泉野隆一的實力遠遠勝於當初的他，也比他更早發現了規則的漏洞，但儘管如此，那時候泉野隆一卻想故意敗在他的手上，好讓他獲得這些技能。

傻子，隆一，你真真正正是個傻子！

光一瞬也不移地觀察著白修宇的表情變化，見他從一開始的悲慟到最後的毅然，不禁嘆息了一聲，看來無論如何，這名少年都堅持要為他的朋友復仇了。

光之所以不願意提起泉野隆一的事情，主要是擔心白修宇報仇不成反倒被殺。

曾經有一位神學家說過，自私，是人類的天性。

光自嘲似地笑了笑，他從來就只是一個自私的「人」啊，如果不是因為白修宇保證即使死了也會照顧好康則，那麼泉野隆一的事情他是無論如何都不會說出來的。

「在他們的那一戰當中，我猜測那名主人取得兩場勝利，至少擁有六種以上特殊技能，雖然我不知道那六種特殊技能的名稱，但是那六種特殊技能給人的印象很容易聯想——水、木、飛行、分身以及物質變化。」

「最後一項特殊技能則是讓他整個人的身體呈現一片朦朧模糊的狀態，不只無法看清他的面貌，我想應該還有抵銷對手部分物理攻擊力、或者攻擊技能的效用。」

說到這裡，光無奈地搖了搖頭，說道：「可是現在得再加上你朋友的一項特殊技能，也就是說那個主人至少擁有七種以上的特殊技能。」

聞言，白修宇神色變得肅然，一股冰冷的顫慄感瞬間從腳底竄上腦際，他和那個主人的實力差距太大了。

他一個狠狠咬牙——差距再大又如何？既然那個主人可以變得那麼強，那他也一定可以！

「其實還有一件事情我很在意……那時候雖然我不敢靠他們太近，可是我隱約聽到你朋友和那個主人說了些什麼，似乎是做了一項交易。」

「什麼交易？」白修宇心中一緊。

光的眼神帶著歉意，「很抱歉，我聽得不是很清楚，不過你朋友提到你的名字。」

白修宇皺著眉沉默了下來。光的這項消息非常有用，雖然無法清楚來龍去脈，但那個主人之所以沒有找上他，很可能就是因為這項交易。

良久後，他緩緩開口道：「謝謝你提供我這些消息……除了照顧好康則以外，你們還有什麼想要我去做的？只要在我的能力範圍以內。」

光一怔，隨即失笑道：「你並不欠我什麼。」

「我知道我不欠你，所以這只是我想做的，你不需要做無謂的聯想。」

「除了康則，我和我的主人都沒有其他的願望了……不過如果可以的話，請你幫我做一盤蛋包飯好嗎？」光眼底漫出溫柔的光，低低說著：「番茄醬加多一點……康則吃蛋包飯的時候，最喜歡加很多番茄醬了。」

「我知道了，如果這是你最後的要求。」

「謝謝。」光道謝了一聲，目光一轉，看向了一邊的黑帝斯，說道：「讓你久等了，我選擇『回歸』。」

語畢，光反手插入胸口，掏出了沾滿血液的機械晶片。

張嘴將機械晶片吞了下去，黑帝斯挑了挑眉，一臉的似笑非笑。

「呵，像你們這種主人至上的機械人形，我還以為都會選擇『殉葬』以表示你們的忠心呢。」

「我對主人的命令的確奉為至上，但是我有比主人更加重要的存在，如果選擇『殉葬』，就永遠只能在異空間中飄流，但選擇『回歸』的話……也許在將來的某一天，我還能夠回來，看看他過得好不好。」

「無聊的冀望。」黑帝斯微微瞇起眼冷笑了一聲，光口中的「他」是誰，黑帝斯不問也知道。

光如果重視主人，黑帝斯還能理解，畢竟大多數的機械人形都把主人視為唯一的

「神」，可沒想到光重視的居然是一個微不足道的人類孩子。

「我知道……可是我還是會忍不住這樣幻想……來到這個世界後，我想我終於能夠明白為什麼君王會希望他的子民能夠恢復情感了……人類，是一種極為脆弱，卻又非常美麗的生物……」

光輕輕地笑了笑，映照著月光的臉龐顯得深邃而柔和，虛幻得好似不是真實……下一瞬，他身後的空氣忽然泛起一圈又一圈清晰可見的漣漪，那一圈圈的漣漪慢慢擴大，直到將他整個人包裹了起來，似乎傳出泡沫破碎般的細微聲響，光便從白修宇的眼前完全消失。

「『回歸』和『殉葬』……好像不太一樣。」白修宇看著拉奇的身影緊接在光之後消失，若有所思地說著。

「主人，請讓我為您解釋。」黑帝斯一個躬身，狀似謙卑地說道：「雖然同樣都是穿越空間，不過由於每一重空間需要花費的能量不同，因此在能量轉移的過程中所呈現的型態也會隨之變化。」

「原來是這樣……」白修宇看了他一眼：「你要是可以一直這麼主動就好了。」

黑帝斯抿著笑，不發一語。見狀，白修宇當然知道黑帝斯又是表面恭敬，暗地腹誹了，但他也不在意，反正在他們還沒撕破臉之前，黑帝斯都只會在心裡想想而已。

白修宇淡淡說道：「你沒事的話就恢復『同步』吧，我不想看到你的臉。」

雖然李政瑜很不喜歡「同步」，因為他一想到黑帝斯「貼」著白修宇，心情就會很糟，但白修宇更不喜歡時時刻刻都得看著黑帝斯那張臉，而「同步」狀態時，只要黑帝斯不開口，基本上白修宇都會直接當作黑帝斯不存在。

「遵命。」黑帝斯笑說，骨節分明的手指點向白修宇的額間，轉瞬消失蹤影，恢復「同步」狀態。

一恢復「同步」狀態，白修宇神色一變，緊張地跑到楊雪臻身旁。

「政瑜還好嗎？」

楊雪臻剛要說話，那個她原本以為睡著的人卻猛地張開雙眼，開口回道：「修宇……我的心肝小寶貝，你終於來看我最後一面了……嗚嗚嗚，修宇，猩猩女的大腿超硬的，躺得我脖子好痠啊，我要躺你的大腿啦……」

受了重傷的某人眼裡含著淚光，艱難無比地朝白修宇伸出了手，一副他被人虐待兼蹂躪的悲慘模樣。

楊雪臻額間冒出青筋——不能生氣，她不能生氣，雖然李政瑜這個傢伙很欠揍，可是無論如何也是他救了她，做人不能恩將仇報，所以就算她很想揍他，也要把舉起的拳頭放下去才行！

白修宇無奈地笑道：「好了，政瑜，都變成這副模樣，你就不要再搞怪了。」

李政瑜嘟起嘴，要不是受了重傷，這時候他應該會像個任性的小孩一樣在地上滾來滾去。

「我才不是搞怪……人家就是想躺你的大腿啦！」

白修宇直接無視某人的撒嬌，關心地向楊雪臻問道：「雪臻，妳還好嗎？」

難得白修宇對她露出這麼溫柔的眼神和聲音，楊雪臻一愣，好一會才回過神來，臉頰浮現淡淡的嫩紅顏色。

「放心吧，一點小傷而已，比起李政瑜，我已經好太多了。」

「是嗎？那就好。」

白修宇聞言，放心似地牽起嘴角微微一笑，楊雪臻貪婪地凝視著白修宇的笑臉，覺得今天是她一生當中最幸福的日子了。

DEAD GAME 02 12
新的主人

臺灣。

下午兩點二十分，人來人往，吵雜的銀行。

「不好意思，麻煩請在這裡蓋上您的印章……」

「外幣匯兌服務，請您上二樓，左手邊就能看到服務臺……」

「您好，利率變動型終身保險本月的利率是百分之三點五，這種利率是指每月依據投資績效、市場利率等等的因素所訂定……」

叮鈴一聲，自動門開啟，三名頭戴全罩式安全帽的男子氣勢洶洶地走了進來，一旁的警衛心生不妙，右手按在腰側的槍袋，兩人同時上前擋住了男子們。

「對不起，先生，要進入銀行請您們將安全帽——」

警衛的話還沒說完，其中兩名大漢迅速從口袋裡掏出了什麼，兩聲震耳欲聾的槍響，還有陣陣的硝煙臭味，兩名警衛只覺得胸前一痛，顫顫巍巍地低頭一看，一大片的血跡在他們的胸口蔓延開來……

「啊——」一名年輕的ＯＬ一臉驚恐地放聲尖叫了起來！

「全部蹲下！不准叫！不然就殺了你們！」

安全帽下，謝承則猙獰的臉上露出嗜血的笑容，對他們這種亡命之徒而言，只有金錢才是一切，人的性命就跟豬狗牛羊沒有兩樣。

謝承則的一名同夥跑進了裡面的辦公室，另一名則將背包扔進了櫃檯，用槍指著發抖不止的銀行行員，惡狠狠地說道：「快！把錢全都裝進去，不要想耍花樣！」

銀行行員們快速地將櫃檯裡的錢都裝了進去，突然又傳來一聲槍響，嚇得幾名膽小的人又是一陣尖叫，有的忍不住嗚嗚哭了出來。

「老大，這該死的傢伙按了警鈴！」那名跑進辦公室的歹徒拖著一具腦袋開花的屍體走了出來。

謝承則獰笑著說道：「真是自找死路的傢伙……算了，等那群笨條子過來至少還要五分鐘。耗子，動作快一點，我們準備閃了！」

「好，馬上就來！」耗子回了一聲，推開櫃檯的行員，又抓了一把鈔票塞進背包裡。

就在這時，一陣刺耳的警車鈴聲由遠而近，極快地往銀行的方向靠近了過來！

謝承則雙眉一皺——條子怎麼來得這麼快？這段時間不是應該沒有條子在附近的幾條街巡邏嗎？

驚疑不定的謝承則握著槍，小心地往自動門的方向走去，只見兩輛警車從相反的兩個方向往銀行開了過來，最近的一輛警車距離這間銀行已經不到五十公尺的距離！

「媽的！狐狸，把鐵門降下來，快！條子來了！」

被稱為狐狸的男子「咦」了一聲，顯然也是有些慌了，「條子怎麼來得這麼快？」

謝承則的槍柄用力地打在狐狸的安全帽上，吼道：「別管他們怎麼來得這麼快，快去給我把鐵門降下來！」

「啊？啊！好！」狐狸連忙往銀行辦公室裡跑了進去，沒多久後，便聽到喀擦一聲，鐵捲門慢慢降了下來。

「老大，現在該怎麼辦？」耗子緊張兮兮地問，要是被條子抓到，以他們三個人身上背的大大小小案子，就算不是死刑也是個無期徒刑了。

謝承則頗不在意地說道：「還能怎麼辦？這種場面又不是沒見過，我們手上有人質，那些條子不敢硬來的。」

耗子想了想也是，狠狠打了自己一下，真是越活越回去了，老大都不怕了，他在膽小個什麼勁啊？

「裡面的人聽著，你們已經被警方包圍了！現在立刻放下武器出來投降！」

耗子安全帽下一張猥瑣的臉笑了起來，「這些笨條子，每次說的話都差不多，誰那麼白痴會乖乖照做啊？」

謝承則勾起嘴角冷冷一笑，耗子和狐狸這兩個傢伙表面上稱他作老大，不過謝承則毫不懷疑一旦發生危險，這兩個人不反咬他一口就算重義氣的了。

收斂了心思，謝承則喊道：「狐狸，你去和警方交涉，告訴他們我們這邊的人質可是不少，叫他們準備一架直昇機過來，要是他們不答應……哼哼，你知道該怎麼做，我們多得是本錢和他們耗！」

狐狸比出了一記「ＯＫ」的手勢，由於鐵門已經落了下來，所以狐狸不慌不亂地拿起電話，撥打「一一〇」這三個號碼，這就是資訊發達的便利啊。

「嗚……」

謝承則眼角狠戾地抽了一抽——又是那個女人！

「哭哭哭，哭什麼哭！再哭我就一槍斃了妳！」

那年輕ＯＬ神色慌亂地用兩手掩住了自己的嘴巴，可是眼睛裡的淚水卻仍是一顆又一顆地落下，宛如斷了線的珍珠。

看著那個年輕ＯＬ，謝承則微微一愣，他現在才發現這個愛亂叫又愛哭的女人長得很漂亮，而且身材也很不錯……

謝承則難耐地舔了舔舌頭，抓起ＯＬ的手腕，嚇得她失措地叫了起來。

「老大？」耗子發出疑惑的聲音。

謝承則說道：「顧好這些人，我去爽一下就回來。」

年輕ＯＬ當然明白謝承則口中的「爽」是什麼意思，她慌亂地叫著哭著，拼命想從謝承則的手裡掙脫出來，可是一個柔弱女人的力氣怎麼拼得過亡命之徒的大漢？

謝承則大笑著將歇斯底里地掙扎哭叫著的ＯＬ扛到他的肩膀上，意氣風發地往裡頭的辦公室走了進去。

在眾多人質裡頭，當然也有人想要當白馬王子，去拯救那位可憐而美麗的公主，可是在一看到冰冷的槍口時，滿腔的熱血像是被當頭澆下一盆冷水，頓時消失得無影無蹤，畢竟即使公主再美好，也比不過自己的生命啊……

「不要這樣，求求你放過我，求求你……」

謝承則左手將她的兩腕壓在頭頂上方的桌上，另一手脫下了安全帽，他也不怕面目曝光的危險，反正等他爽夠了，這個女人也就沒了用處。

謝承則毫不憐香惜玉地一把將ＯＬ的上衣連著內衣撕破，一對滾圓堅挺的胸部彈跳了出來。

謝承則吞了口口水，一邊在心底感嘆著這個女人的奶子真大，一邊色不及待地用空出的右手抓住了她的胸部，用力一掐——

「奇怪？這個感覺——」

「這個感覺怎麼和你摸過的胸部都不太一樣，對吧？」

謝承則猛地瞪大了眼睛，剛才還在掙扎哭泣的ＯＬ此時居然一臉似笑非笑地盯著他看！

謝承則第一個反應就是「怎麼回事」，第二個反應就是想拿槍斃了眼前這個愚弄他的人妖，但令他恐懼的是自己居然一動也無法動彈，想張嘴叫外面的兄弟，卻發現嘴巴張不開，一點聲音也擠不出來。

「嗯，我摸起來的感覺也是和女孩子的胸部有差，不過我這個半業餘的能把人工皮膚妝玩成這樣已經很了不起了，你說對吧？」

「ＯＬ」大大剌剌地盤坐在桌上，也不在乎會露出短裙下的安全內褲，向謝承則笑道：「說人工皮膚，你可能不太瞭，其實就是發泡乳膠（Foamlatex）啦。之前有一部男明星化身成大胖妹時用的特效化妝就是用這個，這樣你瞭了嗎？」

什麼人工皮膚、發泡乳膠，謝承則根本聽都沒聽過，可是不知道怎麼搞的，他的頭顱不受他自己控制地點了點頭，像個乖巧聽話的學生一樣。

「真是聰明。」

「ＯＬ」誇讚似地笑了一笑，嘿咻一聲跳下桌，右手輕輕抬起，下一瞬，一面紅色木門憑空出現在「ＯＬ」的面前。

「好了，乖學生，我要回去了，你也去做你該做的事情吧。」

「ＯＬ」笑容燦爛地朝謝承則揮手道別，開啟那道紅色木門走了進去，喀地一聲，隨著紅色木門的關上，「ＯＬ」的身影在謝承則的面前消失，那道紅色木門也彷彿從來沒有出現過。

然而謝承則卻完全沒有鬆一口氣的感覺，因為他發現他的身體依然不受他的控制，甚至自行動作了起來！

謝承則驚愕地看著自己的右手掏出槍，左手將槍枝上膛，一步步地朝門外走了出去。

「ＯＬ」再度現出身影時，是在一間裝潢得頗具中國古典風味的房間內。

「不管用幾次，『任意門』果然好用……」「ＯＬ」笑著說，一把撕下臉上的人造皮膚，露出了一張略帶些稚氣的少年臉龐。

江宸大大地伸了個懶腰，喃喃自語般地說道：「不過真是的，難得想說這麼久沒開工了，那個銀行經理是隻好鴨子的說……算了，鴨子哪裡都有，沒了這隻還有下一隻。」他一屁股地坐在軟榻上，像個孩子一樣地笑道：「出來吧，『無所不在透視鏡』。」

在距離江宸前方三公尺左右的空氣一陣波動，一面鏡子浮現了出來，鏡面宛如平靜的湖泊般，流轉著充滿淡藍色光澤的液體。

「顯映『任意操控的傀儡玩偶』。」

鏡面一陣波動，顯現出謝承則走出了剛才那間辦公室的門口，來到銀行櫃檯前，對著監視人質的耗子就是一槍，子彈穿透了耗子的安全帽，耗子的身體晃了一晃便倒了下去。

謝承則的槍口迅速轉到狐狸的身上，幾乎是同時，狐狸毫不猶豫地對謝承則連開數槍，謝承則的頭部、胸口都炸開血花，換成一般人這時早該死了，可是謝承則竟然依舊穩穩拿著槍，對準了一臉既驚愕又恐懼的狐狸，扣下了扳機——

江宸嘴角含笑，滿意地點了點頭，攤開手掌說道：「回來吧，『任意操控的傀儡玩偶』。」

一陣隱晦的光芒閃耀，謝宸攤開的手掌上出現一具長寬皆不過兩公分左右的縫布娃娃。他將手掌輕輕握起，等到手掌再度攤開，縫布娃娃已經不見蹤影。

隨著「任意操控的傀儡玩偶」收回，顯映在鏡面中原本站得筆直的謝承則踉踉蹌蹌地倒退幾步，靠著銀行大廳的柱子慢慢地跌坐在地上，頭顱無力地低垂下來。

江宸隨手一揮，半空中的鏡子消失，取而代之出現的是一名身穿西裝，看似比江宸大上四、五歲的清雋男子。

「主人。」男子神情恭敬地向江宸行了一禮。

江宸扁了扁嘴，驀地向男子的臉前湊去，嘿嘿笑道：「跟你說過多少次了？叫我的名字，江宸還是阿宸隨便你叫，就是不能叫主人！」

男子的表情有些無奈，「主人，我是您的機械人形，對您尊敬是理所當然的。」

江宸一臉不在意地說道：「尊敬這種東西啊，不是放在嘴巴上，而是放在心裡的，只要我知道你心裡是尊敬我的那就好啦，嘴巴上的何必計較那麼多？」

「……」男子沉默著沒有開口。

江宸抓了抓頭髮，說道：「又不說話了……每次都來這一招……」

看著眼前垂頭喪氣的主人，男子低低嘆息一聲，轉移了話題：「主人，您真的不考慮找助手嗎？助手在第一階段派不上什麼用場，不過我想等到晉級後，第二階段開始助手的能力應該也能獲得提升才對，否則君王根本沒有必要設立助手。」

「不要，我一個人就可以了。」江宸話語一頓，臉上浮現冷笑，「要我把性命交給別人，那比殺了我還讓我痛苦，我一個人自由自在的還比較好。而且最重要的是……你想我這麼一個騙子，有誰會信任我？我又能信任誰？」

「主人……可是如果您只有一個人的話，那是非常不利於您的。」男子的臉上沒有太多的情緒，但一雙眼中盡是對江宸的憂心忡忡。

江宸低頭沉吟了好一會，他知道男子的憂心不是沒有道理，但他雖然是一個人類，卻也知道「人類」是最不能信任的……思考良久，他張了張口，說道：「我不信任人性，可是如果基於利益結合，那麼我就可以接受，人這種東西啊，是會背叛感情的，卻絕對不會背叛利益。」

「主人，您的意思是？」

江宸笑道：「我要找一個合作對象！」

「合作對象……主人，您是指助手嗎？」男子困惑地皺起了眉頭。

江宸左右搖了搖食指，否定了男子的猜測，「當然不是了，要我和別人一起為我的生命奮鬥，光想像就讓我起一身雞皮疙瘩了。」他瀟灑地一笑：「我的合作對象是指主人！」

男子眉頭皺得更深了，提醒著：「主人，規則的第二條和第三條都明訂了每一場戰鬥只能是一對一的模式，不管是否要達成勝利或是狩獵機械晶片，皆不容許有多對一的狀況發生。」

江宸皺皺鼻子，「這些規則我都知道啦！我要找主人作為合作對象，並不是要那個主人在戰鬥中幫忙我，而是在戰鬥『前』！」他特意加重了最後一字的重音。

戰鬥「前」？男子想了想，隱約明白了江宸的意思，雖然還是有點無奈，不過至少他的主人不打算繼續一個人孤軍奮戰了。

這時只聽江宸說道：「拉切爾，叫出『預知筆仙』！」

「謹遵您的命令。」

男子低眉垂眼，一個揖身過後，只見他雙手合十，然後緩緩分開——他的雙掌之間浮現一面散發淡金色光芒的圓盤，圓盤上排列著二十六個宛如三D立體的英文字母，而在英文字母的下方，則是一個鮮紅色的箭頭。

江宸咬字清晰地說著：「預知對象——『拉切爾』的機械人形主人『江宸』。預知事物——可與『江宸』合作之主人。」

男子一雙碧綠色的眼眸閃過一抹幾不可見的金屬色光芒，鮮紅色的箭頭慢慢移動了起來。

江宸一瞬也不移地注視著箭頭移動的方向，「B、A、I、X、I、U、Y、U……」

見箭頭指向最後一個U字母便返回原位，他不禁皺了皺眉，「這是中文拼音吧？baixiuyu……bai，應該是白這個姓。白修、休？語、雨還是予？」

他一臉煩躁地說道：「啊——氣死我了！同音異字那麼多，為什麼『預知筆仙』沒有國字啦！」

江宸自顧自地抱怨了好幾句，臉上忽然綻開笑容，雙手扠胸一副神清氣爽地說道：「好，抱怨夠了我爽了，反正就算同音異字，只要指定對象範圍，可愛的『預知筆仙』也不可能會發生張冠李戴的事情。」

對於江宸的自言自語，男子從頭到尾的表情都沒有一點變化，顯然是很習慣他自High的習慣了。

「拉切爾，繼續『預知筆仙』！預知對象——延續上一次預知結果的主人

『baixiuyu』。預知事物——『baixiuyu』會在何時出現在距離『江宸』最近的地點。」

男子的眼眸再度閃過相同的光芒，緊接著鮮紅色的箭頭一震，隨之開始移動……

《機械人形・泉野之死》全文完

DEAD GAME 02

番　外　·　朋　友

他的母親曾經說：「如果可以，我希望你不要接受白修宇成為你的朋友。但是如果你決定接受白修宇成為你的朋友，那麼你就要有一份覺悟。」

覺悟？什麼樣的覺悟？

「那個孩子所背負的東西，遠遠超過你所能想像……成為他的朋友，就要有和他一起背負的覺悟──隆一，你真的決定了嗎？」

母親說的，很多都是現在的他懵懵懂懂的，可有一件事情，是他所堅定，絕不會更改。

──是的，我決定了。他如此說。

母親注視著他的雙眼，「那麼告訴我，你的覺悟是什麼？」

「我的覺悟……」

他微微地垂下了眼睛，恍惚間，他似乎又回到了那一天，第一次見到白修宇的那一天。

「……不痛嗎？」

滿天的櫻吹雪下，泉野隆一看著幾乎全身包滿繃帶的陌生人，有些裸露的皮膚下層還滲出點點鮮紅的血液，不禁微微皺起了眉毛。他向來是個表情很少的孩子，皺眉毛已經算是相當大的情緒表現了。

光看就覺得好痛。

泉野隆一不明白，為什麼眼前的陌生人會是一副漠然的表情……明明他們兩個人看起來差不多年紀，但換成了自己受這一身的傷，絕對是受不了。

「很痛。」少年淡淡地說著，彷彿受傷的人不是他似的。「走一步路，稍微抬一下手，會感覺傷口好像裂開一樣。」

「那你為什麼不躺在床上休息？」他生病受傷的話，就巴不得天天躺在床上不動。之前去醫院做盲腸手術，儘管醫生說小孩子開完刀要多動動，比較快好，他根本沒有聽進去，寧可晚幾天好也不想動，一動就會痛。

「習慣了。」

「為什麼痛也能習慣？」

少年很有耐性，那副漠然的表情並沒有因為他不斷的問題而有所波動。

「能感覺到痛，就該慶幸。」

泉野隆一不懂少年這句話中隱藏的涵意，所以他繼續發揮良好的品性，有問題就要開口問：「為什麼能感覺痛要慶幸？沒有人喜歡痛吧？」

少年張動嘴唇，似乎剛要回答，泉野隆一卻突然被人從後頭踹了一腳，重重地摔在地上。

「為什麼為什麼的，哪來的那麼多為什麼，我還十萬個為什麼，你不嫌煩我都給你煩死了！」

「痛……」

那個踹他一腳的人露出驚詫的表情，愕然道：「你不是吧你？居然這樣就哭了……」

「好痛。」泉野隆一口中說著痛，眼眶也滾下一滴滴的淚珠，但他的表情依然沒有什麼太大的改變，只是皺了一下眉。

這要換成別人，肯定以為他是心不對口，但那踹他一腳的人卻是盯著他好一會後，不敢置信地說：「還真的是因為這點痛就哭了……我說你也太誇張了吧？為這麼一點點小痛哭，丟不丟臉啊？」

「政瑜，不要說了。」

少年開口制止那個叫做政瑜的人意猶未盡的揶揄，可是泉野隆一聽得出來那話裡沒有一絲一毫責備的意思。

陌生人的視線轉向他，「你是泉野隆一？」

這兩個人顯然沒有拉他一把的意思，不過泉野隆一也不介意，自顧自地擦掉眼淚站起來，語氣中帶著疑惑。

「你認識我？」

「泉野伯父提過你。」

泉野隆一點點頭，恍然大悟。

「我是白修宇，他是李政瑜。我們會在日本待上一段日子，這段時間請你多多照顧了。」

李政瑜嗤笑了一聲，面色不屑地說：「修宇，這種愛哭鬼哪能照顧我們啊？我們照顧他還差不多！」

「我不是愛哭鬼。」

泉野隆一反駁，照母親的說法，他只是淚腺發達而已，他覺得痛時會哭，看書的時候，也會因為某段劇情一個激動眼淚就不自主地掉了下來。

身為泉野家的少主，他知道這是件關乎家族顏面的事情，所以在學校那些地方他都會非常注意，回到家之後也會訓練自己，這幾年來進步顯著，他相信再過不久就能完全擺脫這項缺點。

李政瑜雙手扠胸，「如果你不是愛哭鬼，那剛剛從你眼睛流下來的東西是什麼？」

「……總而言之，我不是愛哭鬼。」

「你說不是就不是啊？我說你就是！」

泉野隆一還是個十三歲的少年，既然動口不行，那也只好動手講道理了。

「打一架，我贏了你就不能再叫我愛哭鬼。」

李政瑜對這個提議興致勃勃，摩拳擦掌說：「我贏了以後你就得承認自己是愛哭鬼！」

「好！」

兩個人一達成「交易」，立刻你來我往地動起手來。在武技上顯然是李政瑜勝出一籌，但泉野隆一的動作靈巧，補足了武技方面的缺點，李政瑜能砸中泉野隆一三拳，泉野隆一就能還他個兩拳一腳。

整體而言他們兩人可以說是勢均力敵，除非是到了生死相拼的程度，不然這樣的小打小鬧是很難分出高下的。

一旁的白修宇看得清楚，糾纏成一團的李政瑜和泉野隆一也是心知肚明。但知道歸知道，少年心性的兩人卻是執拗起來，非要在不分生死的狀況下爭出個輸贏。

要是放任他們一直打下去，也許到天黑都還打不完吧。

「政瑜。」

一聲輕輕的呼喚，熱中於戰鬥中的李政瑜驀地頓了一頓，隨即抽身而退，退到白修宇的身邊。

「不打了不打了，與其和你打架，我寧可和我家的修宇小寶貝好好聯絡感情。」李政瑜一邊說著，一邊大大剌剌地攬上白修宇的肩膀，嘿嘿笑道：「小心肝，你不會怪我剛剛冷落你吧？」

這番話聽在泉野隆一耳裡，眼角忍不住狠狠一個抽搐；白修宇卻是習慣李政瑜這種小寶貝、小心肝的胡言亂語，臉色一變也不變。

「他是你的護衛？」泉野隆一問。

以這兩人的相處方式來看，很容易看出誰才是主導的一方。

「他是我的朋友。」白修宇淡淡地回答。

「我是修宇小寶貝的護衛，更是他的朋友。」李政瑜追加了一句。

泉野隆一再度感到詫異，這兩個回答他能輕而易舉地分辨出其中不同的意義——白修宇是將李政瑜完全當成了朋友，李政瑜卻不一樣……在李政瑜的心中確實是認為他是白修宇的朋友，可要是到了危險的時候，保護白修宇便是他唯一的意念。

「我也想成為你的朋友。」泉野隆一沉默片刻，看著白修宇突然冒出這麼一句。

李政瑜眉頭一抽，似乎是想要嘲諷些什麼，卻沒有開口，而白修宇則是依舊以聽不出來語調起伏的聲音說：「你想要和我成為朋友的理由？」

回應白修宇的，是再度的沉默。

泉野隆一有朋友，但那些朋友是父母或者幕僚告訴他對他有利，所以值得交陪的朋友。那並不是真正的朋友，因為該捨棄對方時，泉野隆一便會毫不猶豫地捨棄，對方所抱持的也一定是同樣的態度吧！

可是從第一眼看到眼前的少年，泉野隆一就覺得很想認識他，很想和他交朋友，一個真正的朋友……這種強烈的衝動就連泉野隆一自己都覺得莫名其妙。

認真地想了許久，泉野隆一緩緩地搖了搖頭，「我不知道。」他是真的很想和對方成為朋友，所以不願意用漫無邊際的空虛言談敷衍。

「……現在我無法回答你。對我來說，朋友是我唯一所擁有的，我不能輕率決定。」少年像是明白泉野隆一想要的是真正的朋友，因此沒有立刻給予答覆。

至少對方沒有馬上拒絕，泉野隆一能夠得到這樣的回答已經很滿足了。

「沒關係，我可以等。如果我無法讓你留在日本的這段期間改變心意，那麼你拒絕我也是理所當然的，我沒有成為你朋友的價值。」

「好。」白修宇說。

聞言，泉野隆一向來面無表情的臉上，浮現一抹幾不可見的微笑。

他抬起眼，回視母親的神情堅定而無悔。

「我的覺悟，是我的生命。」

母親微微一怔，隨即笑了起來——那是帶著驕傲的悲傷笑容。

「你說這句話時，和你過世的外祖父簡直一模一樣……遺傳真是神奇的東西，明明你從來沒有見過他老人家，為什麼你們兩個人會這麼相像呢？」

從他記事的時候就沒有見過外祖父，聽說外祖父很早就過世了。對於外祖父，他感到有些好奇，不過也是僅此而已。

那是屬於母親的回憶。

而他要走出的，是屬於他的未來。

好幾年以後，因緣巧合之下他成為一具機械人形的主人，在明白成為主人之後應該擔負的責任和危險，他不由得感嘆這就跟強迫中獎沒兩樣，還是上了賊船就下不來的那種。

慶幸的是伴隨著責任和危險，他擁有了超乎人類的力量。

他想，有了這股力量，只要運用得好，那麼一直以來束縛著白修宇的禁錮將再也不是問題。

直接衝去告訴摯友他有了超乎想像，能夠幫摯友解決白家的力量？那樣太普通了。

他難得的想要稍微惡作劇一下，希望看見摯友驚愕的表情，當然更主要的是他要好好在李政瑜那討厭的傢伙面前顯擺。

然後摯友因為他的惡作劇從臺灣來到日本，然後他知道原來他的摯友也成為了一名主人。

然後……然後沒有然後，他幾乎連思考也沒有，便決定讓他的惡作劇便成一個「計畫」——或者說，一場騙局更為貼切。

他的機械人形從始至終都沒有反對過他的「計畫」，哪怕他的結果最壞是死亡。

「因為這是主人的希望啊！能夠遵循主人的意願行事，這就是機械人形的最高榮耀了……如果主人真的死掉，那也沒關係，我會選擇『殉葬』，一直陪在主人的身邊！」

阿波羅殺起人來一點都不手軟，可是在他的面前時卻像個小孩子一樣，只要他摸摸「他」的頭髮說「他」做得很好，「他」就會開心地瞇起眼睛，彷彿得到這樣的讚美就很滿足了。

他以為機械人形都是這種主人至上的存在，因為他歷經的幾場戰鬥中，戰敗者的機械人形都是選擇「殉葬」，而無法成立勝利條件的機械人形也都是拼著自爆也要拉著他一起下地獄……摯友的機械人形卻不是這樣。

望著那道逐漸遠去的身影，泉野隆一微斂目光，雖只是短暫的談話，他卻能藉此明白這個叫做黑帝斯的機械人形有多麼地「與眾不同」。

從黑帝斯的言談舉止中，除了虛偽的敬稱之外，根本感受不到一絲一毫對白修宇的尊重與崇敬。

而白修宇似乎連規則的漏洞都沒有發現，他相信以白修宇的聰慧不可能會錯過這種明顯的漏洞，只有可能是黑帝斯沒有告訴他……

「阿波羅。」

「是的，主人。」

「雖然機會渺茫，不過我還是想要再試試看，試著摧毀那具『與眾不同』的機械人形。」泉野隆一冷凝的聲音透露出堅決的殺意。

這場主人爭鬥本身就充滿危險，不容許半點大意，但黑帝斯的存在顯然為白修宇增添了許多變數……

阿波羅沒有猶豫，點頭道：「阿波羅願意化為主人手中的利刃，完成您所有的願望。」

儘管阿波羅這麼回答，泉野隆一仍是覺得很對不起他：「抱歉，有我這樣任性又一點都不長進的主人，不努力求勝也就算了，居然還帶著你往死路走……」

「請您不要說抱歉，能完成您的願望，我就很高興了！」

看著慌亂地說要他不要在意的阿修羅，泉野隆一輕輕嘆息——如果修宇的機械人形不是這麼「與眾不同」，他就不用這麼擔心了……

有了第一次的失敗，想要毀掉黑帝斯無疑更加困難，但再困難泉野隆一都不願意放棄。

然而泉野隆一想毀掉黑帝斯的計畫，因為一名主人的出現，永遠也無法實現。

獵獵的晚風在耳邊呼嘯，他的力氣用盡，發顫的雙腳半跪在地上，鮮血不斷從傷口流出，在腳底蜿蜒漫開。

他聽見阿波羅幾近哭泣的大喊著：主人，逃！請您逃走！

嘴角扯開苦笑，他逃不走了，也不能逃，這個主人知道修宇的存在，解決他之後一定就是接著找上修宇——他不能逃。

這個主人究竟是怎麼做到的？在這個主人的面前，他曾經認為無可比擬的力量竟彷彿薄薄的紙張般，一撕就碎……

他果然還是太弱了嗎？

弱得無法幫助修宇逃開白家的掌握，弱得無法毀掉黑帝斯，更是弱得如同是這個主人指掌間的玩偶。

但即使是這麼弱小的他，還是有能做到的事情，只要可以給修宇爭取到更多一點時間……

——阿波羅，請你包容我最後一次的任性。

他知道他這最後一次的任性對阿波羅來說會造成多大的痛苦，可他仍是說出口，甚至用著哀求的語氣……他的機械人形沉默了很久，抖著聲音回答「遵命，主人」。

對不起。

對不起，一直以來我都不是一個好主人。

對不起，直到最後還要剝奪你唯一的願望……

他在心中說著無數次阿波羅聽不見的「對不起」，抖顫著身體勉強站了起來，張開口，對那個俯瞰他的主人提出一個交易。

在這種勝負明顯的情況下他根本沒有交易的權力，而且還是提出一項根本沒有任何誘惑力的交易，因此他理所當然地得到對方的嘲笑和拒絕。

可是不要緊，他要做的從來不是交易，從來就不是。

——隆一，只要你告訴我你也是主人，我也絕對不會對你下手的……可是為什麼？為什麼你要瞞我？為什麼……為什麼你要背叛我？

——我不會殺你，可是只有這一次！下次再看見你的時候……我不會對你出手，可是如果你想殺我，我絕對不會再對你手下留情了！

背叛……

當時聽見這兩個字時，雖然早在意料之中，他其實還是會感到難過，以及一點點的後悔，但現在他反倒只覺得慶幸。

對，背叛。修宇只要記得他背叛了他就好，這樣一來在知道他的死訊時，就不會難過太久了吧？

眼前一片黑暗。

泉野隆一想，也許他太累了，累得連睜開眼睛的力氣也沒有了，他需要好好睡一覺……

所以，他沉沉地、沉沉地睡了過去。

——番外《朋友》完

敬請期待更精彩的《機械人形・王者降臨》

DEAD GAME 02

卷　末　附　錄　01

設　定　集　II

想要贏得【MasterGame：主人對戰】

機械人形的能耐以及主人所有的技能，
都是其中的決定性要素。
這次設定集要介紹的就是「機械人形&主人技能」。

機械人形的修復：

當機械人形受損，可自主啟動修復功能。當啟動修復功能後，受損處會蔓延出富有生命似的膚色絲線，將之團團包裹，隨即消失，當絲線消失的同時也就代表修復完成。

機械人形的晶片：

蒐集情感數據的晶片，其中似乎還蘊藏著其他不為人知的秘密，同時也是用以確認勝利成立的主要道具。

機械人形的技能：

黑帝斯的電球

電流為黑帝斯本身攜帶的攻擊技能，而電球則是進階攻擊形態，將電流化成球狀加強威力，並能隨心所欲的操控。

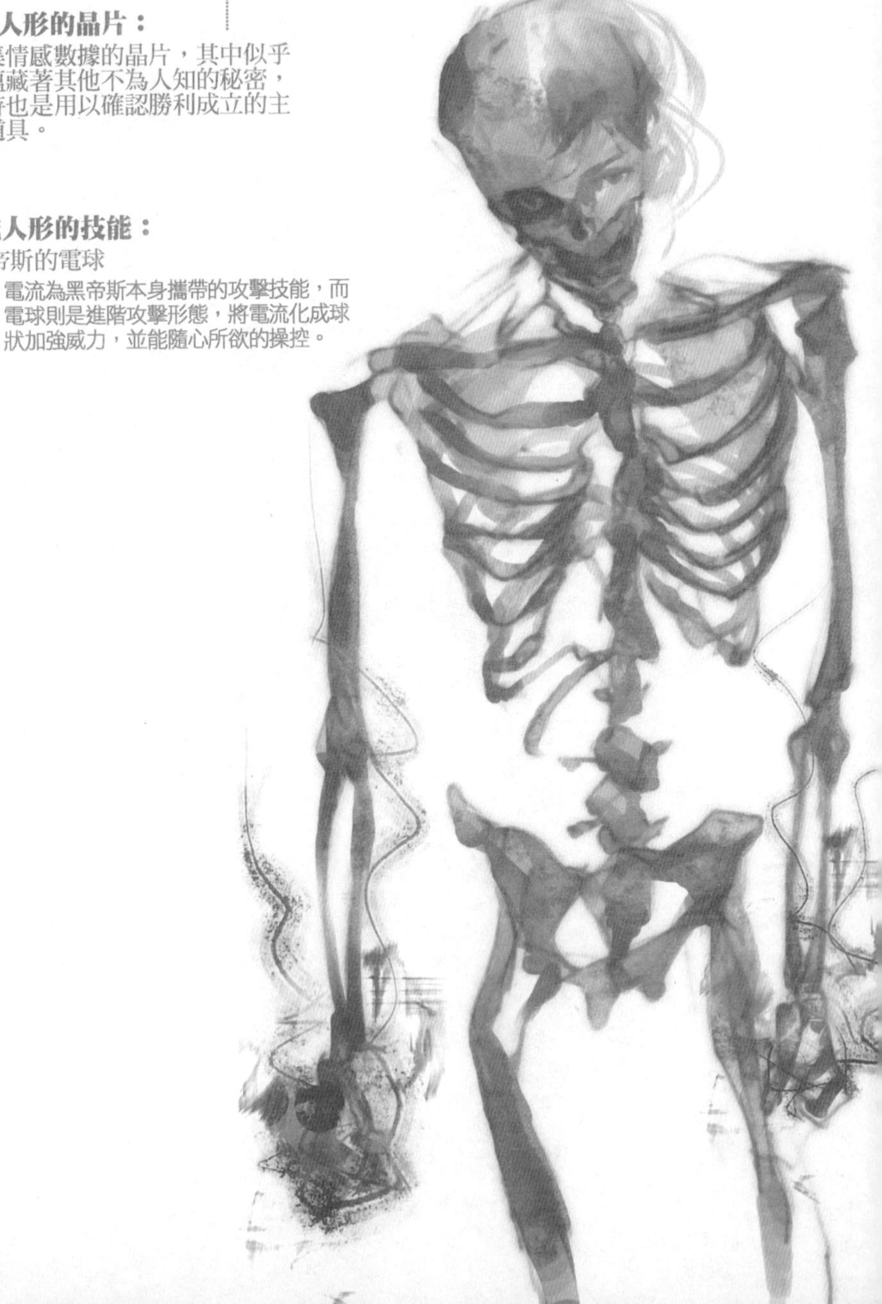

阿波羅的火鍊

攻擊技能。由雙指所衍生出的火焰鎖鍊，初始形態為單條鎖鍊，最多可分化為四條。

白修宇的主要技能(電)與輔助技能(羽翼)：

電：
黑帝斯體內晶片本身攜帶的攻擊系技能，在同步完全融合後便會自行啟動，可用晶片儲值分數增強威能。

羽翼：
第一場戰鬥所獲取晶片中的輔助系技能，可用晶片儲值分數增加其發動持續時間。

DEAD GAME 02

卷 末 附 錄 02

後 記

《機械人形》之你不可不知的二三事

感謝繼續支持《機械人形》第二集。

在第二集中，揭露了泉野隆一之所以選擇背叛的理由，這個理由狀似偉大，但在泉野隆一自己看來，卻是自私而又卑劣。

在知道白修宇也是一名主人之後，泉野隆一就明白了他的結局沒有意外的話，終歸只有死亡在前方等待著他，因為白修宇絕對狠不下心，所以就只能由他來狠心。

泉野隆一認為只要白修宇相信他的「背叛」，那麼白修宇就不會難過太久，但事實上，他其實明白無論他的「背叛」是真是假，摯友的死亡絕對會帶給白修宇非常嚴重的心理創傷。

同時身為泉野家的少主，他拋棄他應負的責任，拋棄了深愛他的雙親——儘管他的母親也許早在很久以前，便理解他所堅持的選擇。

可是即使自私卑劣，泉野隆一也希望白修宇活下來，活下來，終有一天能夠放下過去，體會到這個世界的美好。

因為如此，所以他先是選擇「背叛」，然後在無法生存下來的必敗之戰中選擇死亡，只為了埋下白修宇日後的一線生機。

這是屬於泉野隆一的溫柔，也是屬於泉野隆一的殘酷，有這樣一名摯友，是白修宇的幸也不幸。

摯友已死，而白修宇將背負著摯友的死，雙手緊緊抓著想要守護的碎片，滿身傷痕的一步一步走下去，也只能繼續走下去。

非常感謝閱讀本書。

冰龍於二〇一一年七月

[冰大龍]^ 看了一下《機械人形》的進度……嗯，俺想俺月底應該會採取消失的舉動。(´д｀)

[book4e]^ 冰龍大大，妳可能不清楚，我們的編輯全都配槍，而且都接受過殺手的特訓並持有採員證書，六月底稿子沒出現的話嘛……科科科，你知道的。(´,_ゝ`)

[Chi]^ 那我豈不是完蛋！別啊！我忙著畢業啊啊啊！(ﾟдﾟ≡ﾟдﾟ)

話說六月中時，某龍在噗浪上發了此噗，究竟造成某龍拖稿的萬惡根源是什麼咧，讓小編帶你深入討伐（誤）！

究竟，冰龍不交稿都是為了啥咪原因？

萬惡的《霧中村》！！個人誌大揭密！

Q版悶油瓶。
無口臉悶油瓶實在是太萌了♥

Q版吳邪。看起來壞壞的。

徽章／Q版悶油瓶＆吳邪。
面癱小哥與無口悶油瓶一次打包啦XD

《霧中村》規格：雙封面，
內含小說＆插圖（漫畫12P）。
真是料好又實在啊～＊

S編：
《霧中村》的封面是如何決定的呢？

冰龍：
封面是彌純（繪者）在和我探討過霧一書的大致內容後，即刻動筆畫出的，主要以帶給人驚悚的感覺，個人非常喜歡這樣風格的封面。

S編：
話說回來，這本個誌的出版時間是？

冰龍：
呃……預計是在CWT28啦！

S編：
預計？

冰龍：
咳……應該、盡量……能趕出來……

S編：
難道妳連個誌也要拖稿嗎？(ﾟдﾟ)

冰龍：
這個嘛，哈哈……對了對了，除了這個誌外，我還做了很多周邊喔！(轉移話題貌。)，妳看這卡貼與徽章，是不是很可愛？

S編：
哇～真的卡哇依到爆表耶！不過……妳都沒時間寫稿就是因為除了個誌外，還搞這些東西去了吧！

冰龍：
哇啊——編編妳大人有大量，這次就饒了我吧——

1 0 1 0 1 0 1 1 1 0 0 1 1 1 0 0 0 0 0 0 1 0 0 1 0 0 1
0 0 1 1 0 0 0 0 0 0 0 1 1 0 1 1 1 0 0 0 0 0 0 0 0 0 0 0 0

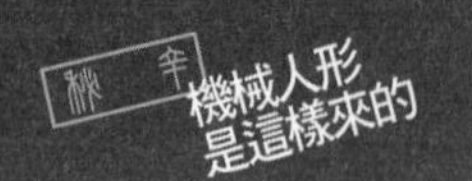

秋 半
機械人形
是這樣來的

某天冰龍受不了
稿債壓迫決心起義。
革命啊啊啊
編
冰
推！
湖

呼…
這樣以後就
不再有截稿日了…
嗯？
咕嚕
咕嚕

嗨這位女士，
初次見面我是
這裡的水神。
浮出水面…
請問你剛才
掉進水中的，
是這個暴嬌的編輯，
還是這個病嬌的編輯？
交稿…
交稿…

我…我沒有
掉任何編輯下去。

嗯！妳好誠實！
兩個編輯都送妳！
原本的那個編輯也還妳！
慢著我明明就
說謊了啊啊！
反正不管妳回答
什麼我都打算
全部塞給妳啦。
往水裡丟危險物品
是不可以的唷。

從此以後三個編輯
和冰龍一起過著
幸福快樂的生活。

飛小說
更多歡樂更便宜！

下一個出現在這裡的也許就是你的作品！

投稿創作，請上：螞蟻創作網
（http://www.antscreation.com）

■本期推出■

■交錯時空■

逆行世界02

關於「我」的一切，也許我自己並不清楚？

吃飯、睡覺、上學……戰鬥？
十六歲少年的生活，正在一點一點的被改變。
你絕對想像不到，在他的身上發生了什麼事──
因為就連少年自己都不記得了。
可是。
身邊的人，好像知道些什麼？
沒有人提起，沒有人願意說。
一切的一切都好像沒有發生過。
就彷彿少年本應如此、就好像少年不曾存在……

不存在於這個世界。因為屬於另一個世界。

☞您在什麼地方購買本書？☜

☐便利商店＿＿＿＿＿☐博客來　☐金石堂　☐金石堂網路書店　☐新絲路網路書店

☐其他網路平台＿＿＿＿＿☐書店＿＿＿＿＿市／縣＿＿＿＿＿書店

姓名：＿＿＿＿＿地址：＿＿＿＿＿＿＿＿＿＿＿＿＿＿＿＿＿＿＿＿＿＿＿＿＿＿

聯絡電話：＿＿＿＿＿電子郵箱：＿＿＿＿＿＿＿＿＿＿＿＿＿＿＿＿＿＿＿＿＿＿

您的性別：☐男　☐女

您的生日：＿＿＿＿＿年＿＿＿＿＿月＿＿＿＿＿日

（請務必填妥基本資料，以利贈品寄送）

您的職業：☐上班族　☐學生　☐服務業　☐軍警公教　☐資訊業　☐娛樂相關產業

☐自由業　☐其他＿＿＿＿＿＿

您的學歷：☐高中（含高中以下）　☐專科、大學　☐研究所以上

☞購買前☜

您從何處得知本書：☐逛書店　☐網路廣告（網站：＿＿＿＿＿＿＿）　☐親友介紹

（可複選）　☐出版書訊　☐銷售人員推薦　☐其他

本書吸引您的原因：☐書名很好　☐封面精美　☐書腰文字　☐封底文字　☐欣賞作家

（可複選）　☐喜歡畫家　☐價格合理　☐題材有趣　☐廣告印象深刻

☐其他＿＿＿＿＿＿＿＿＿＿

☞購買後☜

您滿意的部份：☐書名　☐封面　☐故事內容　☐版面編排　☐價格　☐贈品

（可複選）　☐其他

不滿意的部份：☐書名　☐封面　☐故事內容　☐版面編排　☐價格　☐贈品

（可複選）　☐其他

您對本書以及典藏閣的建議＿＿＿＿＿＿＿＿＿＿＿＿＿＿＿＿＿＿＿＿＿＿＿＿＿

＿＿

＿＿

✌未來您是否願意收到相關書訊？☐是　☐否

✍感謝您寶貴的意見✍

✌From＿＿＿＿＿＿＿＿＿＿＿＿@＿＿＿＿＿＿＿＿＿＿＿＿＿＿＿＿＿＿

♦請務必填寫有效e-mail郵箱，以利通知相關訊息，謝謝♦

印刷品

請貼
3.5元
郵票

235 新北市中和區中山路二段366巷10號10樓

華文網出版集團 收

（典藏閣－不思議工作室）

飛小說。
We Love Easyfly.
不思議工作室
FUSIGI

我們改寫了書的定義

董 事 長　王寶玲

總 經 理　兼　總編輯　歐綾纖

出版總監　王寶玲

印 製 者　和楹印刷公司

法人股東　華鴻創投、華利創投、和通國際、利通創投、創意創投、中國電視、中租迪和、仁寶電腦、台北富邦銀行、台灣工業銀行、國寶人壽、東元電機、凌陽科技(創投)、力麗集團、東捷資訊

◆台灣出版事業群　新北市中和區中山路2段366巷10號10樓
TEL：02-2248-7896
FAX：02-2248-7758

◆倉儲及物流中心　新北市中和區中山路2段366巷10號3樓
TEL：02-8245-8786
FAX：02-8245-8718

機械人形/冰龍作. -- 初版. 一新北市：
華文網，2011.06-
冊； 公分. --(飛小說系列)
ISBN 978-986-271-098-2(第2冊：平裝). ----

857.7 100007740

飛小說系列007

機械人形02-泉野之死

出版者■典藏閣
作　者■冰龍　繪　者■巴拉圭毛虫Chi
總編輯■歐綾纖
製作團隊■不思議工作室
郵撥帳號■50017206 采舍國際有限公司（郵撥購買，請另付一成郵資）
台灣出版中心■新北市中和區中山路2段366巷10號10樓
電　話■(02) 2248-7896　傳　真■(02) 2248-7758
物流中心■新北市中和區中山路2段366巷10號3樓
電　話■(02) 8245-8786　傳　真■(02) 8245-8718
ISBN■978-986-271-098-2
出版日期■2011年8月
全球華文國際市場總代理／采舍國際
地　址■新北市中和區中山路2段366巷10號3樓
電　話■(02) 8245-8786　傳　真■(02) 8245-8718
新絲路網路書店
地　址■新北市中和區中山路2段366巷10號10樓
網　址■www.silkbook.com
電　話■(02) 8245-9896
傳　真■(02) 8245-8819